KB115099

임영기 新무협 판타지 소설
와룡봉추
FANTASTIC ORIENTAL HEROES

와룡봉추 21

임영기 新무협 판타지 소설

초판 1쇄 찍은 날 § 2020년 8월 21일
초판 1쇄 펴낸 날 § 2020년 8월 28일

지은이 § 임영기
펴낸이 § 서경석

총괄팀장 § 노종아
편집책임 § 강서희

펴낸곳 § 도서출판 청어람
등록번호 § 제387-1999-000006호
등록일자 § 1999. 5. 31
어람번호 § 제2-2844호

주소 § 경기도 부천시 부일로 483번길 40 서경B/D 3F (우) 14640
전화 § 032-656-4452 팩스 § 032-656-4453
http://www.chungeoram.com
E-mail § chungeorambook@daum.net

ⓒ 임영기, 2019

ISBN 979-11-04-92241-1 04810
ISBN 979-11-04-91921-3 (세트)

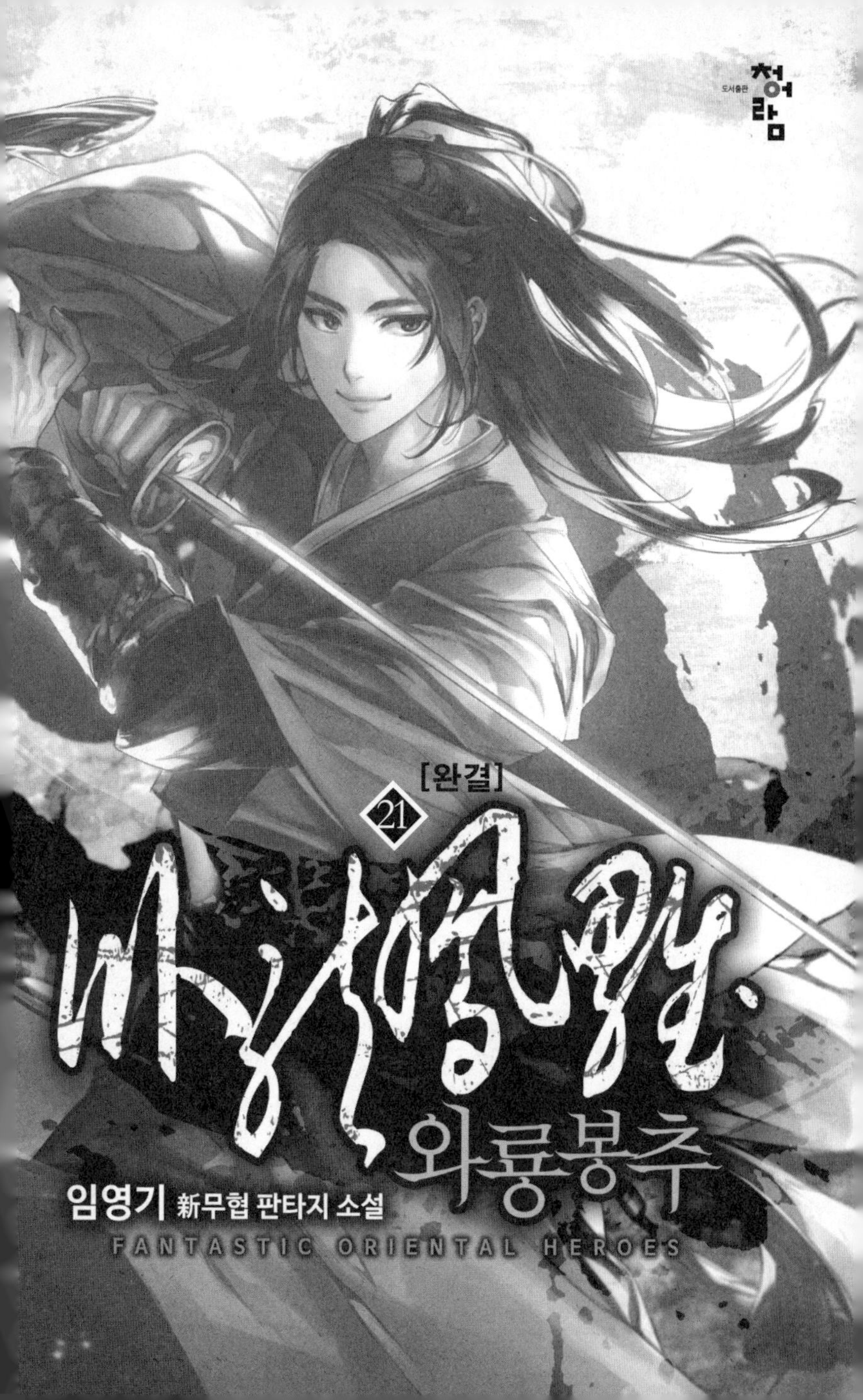
도서출판
청어람
[완결]
21
와룡봉추
임영기 新무협 판타지 소설
FANTASTIC ORIENTAL HEROES

目次

第一章   각개격파(各個擊破)   7

第二章   철옹성(鐵甕城)   43

第三章   연파란(淵波蘭)   79

第四章   출정(出征)   115

第五章   최악의 상황   161

第六章   일대일   197

第七章   절체절명(絶體絶命)의 순간   233

第八章   와룡봉추(臥龍鳳雛)   259

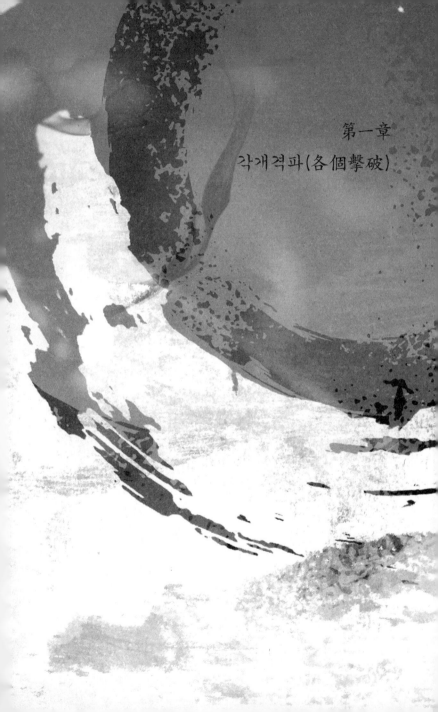

第一章
각개격파(各個擊破)

뇌옥 안의 상황을 본 화운룡의 얼굴이 저절로 찌푸려졌다.

철문 안쪽 정면 돌벽에는 두 사람이 매달려 있는데 풀어 헤친 머리카락에 온몸이 상처투성이에다 피투성이여서 누군지 알아볼 수가 없다.

하지만 화운룡은 그들이 율타와 해화일 것이라고 짐작했다.

오랜만에 만나기 때문에 그들의 모습이 기억 속에서 희미하지만 뇌옥을 지키는 고수가 잘못 데려다주었을 리가 없다.

율타와 해화는 무공이 폐지되었다고 했는데 천황파가 이들을 이렇게까지 해야만 했을까 할 정도로 두 사람은 참혹했다.

도호반과 사라달은 착잡한 표정을 지으며 벽에 매달려 있는 두 사람을 지켜보았다.

"너무 잔인하군요."

벽에 매달려 있는 사람이 여황의 제자들이라고 생각하니까 더욱 잔인하게 보였다.

도호반이 벌거벗겨진 두 사람의 양쪽 어깨 쇄골을 꿰고 두 손목과 발목을 뚫은 가느다란 쇠사슬이 위쪽 벽에 꽂혀 있는 것을 눈으로 좇으며 치를 떨었다.

두 사람 중에 누가 율타이고 누가 해화인지는 체구로 봐서 구별할 수 있다.

극심한 고문을 당했는지 두 사람의 온몸에는 바늘 하나 꽂을 자리조차 없을 만큼 무수한 상처와 매질, 채찍질 흔적이 빼곡하게 나 있었다.

그리고 매달려 있는 그들의 아래 바닥에는 피가 흥건하게 고여 있으며 더러는 굳었는데 지금도 그들의 몸에서는 피가 뚝뚝 떨어지고 있었다.

그것은 마치 푸줏간에 걸어놓은 돼지고기나 소고기 덩어리를 연상시켰다.

화운룡이 살펴보니까 두 사람은 혼절했으며 많은 상처를 입은 데다 피를 많이 흘린 탓에 목숨이 경각에 달려 있었다.

화운룡이 그중 율타라고 짐작하는 사람에게 다가가자 그의 몸을 관통하여 묶었던 쇠사슬이 저절로 도막도막 잘라져서 바닥에 우수수 흘러내리듯이 떨어졌다.

쩔렁… 철그렁……

그가 쇠사슬을 잘라야겠다고 생각을 하자 몸에서 저절로 무형지기가 발출되어 쇠사슬을 도막도막 자른 것이다.

그런데 쇠사슬에서 풀렸는데도 율타는 쓰러지지 않고 잠시 서 있다가 깨끗한 바닥 쪽에 스르르 눕혀졌다.

"나가 있게."

화운룡은 율타와 해화를 바닥에 나란히 눕힌 후에 도호반과 사라달을 내보냈다.

그가 이제부터 율타와 해화를 치료할 텐데 그들의 나신을 보는 것은 곤란한 일이다.

"이들이 입을 옷을 구해오게."

문을 닫고 나가는 사라달에게 화운룡이 지시했다.

화운룡은 나란히 누워 있는 율타와 해화의 치료를 끝냈다.

그는 바닥에 책상다리로 앉아서 두 사람을 굽어보았다.

그때 갑자기 율타와 해화 주위에 짙은 운무가 자욱하게 피어났다.

화운룡이 뇌옥 안의 허공중에서 습기를 모아 율타와 해화몸으로 빨아들인 것이다.

사아아…….

자욱한 습기가 두 사람의 몸을 휩쓸었다가 한순간 갑자기 사라졌다.

그러자 깨끗해진 두 사람의 나신이 드러났다. 그들의 상처는 말끔히 치료되었으며 몸을 휩쓸었던 습기가 온몸의 피를 목욕을 한 것처럼 씻어주었다. 화운룡은 굳게 닫혀 있는 철문 쪽을 쳐다보았다.

"옷은 아직 오지 않았느냐?"

"그렇습니다."

대충 몸을 가릴 만한 옷을 가져오면 될 텐데 사라달이 지나치게 꼼꼼한 모양이다.

화운룡은 율타와 해화에게 옷을 입힌 후에 깨우려고 했는데 옷을 가지러 간 사라달이 늦어지고 있어서 이대로 있다가는 동이 트고 말 것이다.

'안 되겠다.'

그는 일단 해화를 깨웠다. 옥봉과 항아, 연종초의 공력을 모조리 받은 그는 어마어마한 공력을 지니고 있으므로 구태여 손을 쓸 필요가 없다.

단지 생각하는 것만으로 해화의 몇 군데 혈도가 저절로 격타되어 곧 깨어났다.

해화는 누운 채 아주 천천히 눈을 떴다.

그녀는 눈을 뜨고 꽤나 높은 천장을 올려다보면서 자신이 현재 어떤 처지에 놓여 있는지에 대해서 조금씩 차근차근 기억을 더듬었다.

그러다가 천황파의 함정에 빠져서 제압되었으며 무공이 폐지당하고, 뇌옥에 갇혀서 벌거벗겨진 채 사형 율타와 나란히 벽에 매달려서 가혹한 고문을 당했던 끔찍한 기억이 생생하게 되살아났다.

"아아……."

해화는 눈을 크게 뜨면서 가녀린 몸을 세차게 부르르 떨며 신음을 토해냈다.

자신이 그 끔찍한 상황에 처해 있다는 생각을 하자 죽는 것보다 더 고통스러웠다.

급기야 그녀의 커다랗게 떠진 두 눈에 눈물이 가득 고이더니 방울방울 흘러내렸다.

"해화야."

"……."

그때 옆에서 조용하고 부드러운 목소리가 들리자 그녀는 깜짝 놀라서 쳐다보았다.

그녀는 자신을 바라보면서 빙그레 친근한 미소를 짓고 있는 화운룡을 발견하고 눈을 깜빡거렸다.

"누구⋯⋯."

"날 잊었느냐? 강소성 태주현의 화운룡이다."

"⋯⋯."

화운룡이 누군지 기억난 해화는 눈을 커다랗게 뜨고 그를 바라보았다.

"비룡공자 화운룡⋯⋯."

화운룡이 율타와 해화를 만났던 사 년여 전에는 비룡공자라는 별호가 그다지 유명하지 않았었다.

하지만 그 이후에 비룡공자가 되어 대강남북을 쩌렁하게 떨어 울렸기에 율타와 해화는 화운룡에 대해서 대화를 하지 않는 날이 하루도 없었다.

"그래. 날 기억하느냐?"

사 년여 전. 호기심으로 비룡은월문에 잠입했던 율타와 해화는 삼라만상대진에 갇혔는데 그 안에 갇혔다가 두 사람은 서로의 사랑을 확인했다.

화운룡에게 반한 율타가 친구가 되자고 먼저 요구했고 화운룡이 흔쾌히 수락했다.

화운룡은 두 사람에게 아침 식사를 대접했으며 식사 후에 떠난 두 사람을 지금 처음 재회하는 것이다.

"아아⋯ 정말 당신이로군요⋯⋯."

아직 자신의 상처가 다 치료됐으며 무공을 되찾았다는 사실을 모르는 해화는 눈물을 펑펑 흘리면서 상체를 일으켜서 앉아 화운룡에게 두 손을 내밀었다.

화운룡이 손을 잡자 해화는 쓰러지듯이 그에게 안기면서 울음을 터뜨렸다.

"으흐흐흑……! 너무 무서웠어요……."

그녀는 천황파에게 제압당하고 무공이 폐지되었으며 혹독한 고문을 당하다가 견디지 못하고 끝내 혼절한 기억을 떠올리고는 너무 무서워서 화운룡에게 안겨 세차게 몸을 떨면서 흐느껴 울었다.

화운룡이 말없이 안고 부드럽게 등을 쓰다듬자 그녀는 집 떠났다가 진탕 고생만 하다가 돌아온 자식처럼 눈물 콧물 흘리면서 세상의 신산을 일러바쳤다.

"흑흑흑… 우리는 무공이 폐지되어 모진 고문을 당했어요… 율타 사형도 같이 붙잡혔어요……."

해화는 중원에 있어야 할 화운룡이 어째서 동천국 뇌옥에서 자신의 하소연을 듣고 있는지에 대해서는 미처 생각할 겨를이 없었다.

"율타는 무사하니까 걱정하지 마라."

"율타 사형이……."

해화는 눈물범벅이 되어 화운룡 품에 안긴 채 얼굴을 들어 그를 바라보았다.

화운룡은 그녀의 양어깨를 잡고 품에서 떼어내며 옆을 쳐 다보았다.

"율타는 여기 있다."

"……."

해화는 율타를 물끄러미 바라보았다. 그러고는 아무 생각 없는 사람처럼 물었다.

"어떻게 된 거죠?"

"내가 치료하고 무공을 회복시켰다. 물론 너도."

"……."

해화는 눈을 깜빡거리면서 율타를 이리저리 살펴보다가 그 가 벌거벗은 몸이라는 사실을 알게 되었다.

그러고는 아무 생각 없이 자신의 몸을 내려다보다가 자신 역시 나신인 것을 확인하고는 움찔 몸을 떨었다.

"아아……."

그때 밖에서 사라달의 목소리가 들렸다.

"전하, 옷을 가져왔습니다."

화운룡이 옷을 받아서 돌아오니까 바닥에 무릎을 꿇고 앉 은 해화가 두 손으로 소중한 곳과 가슴을 가린 채 잔뜩 몸을 옹송그리고 있다.

그걸 보고 화운룡이 빙그레 미소 지었다.

"해화야, 내가 널 치료하고 무공을 회복시키려면 어떻게 했겠느냐?"

"……."

그제야 해화는 더 이상 고통이 느껴지지 않는다는 사실을
깨달았다.

그뿐 아니라 조금 전에 얼핏 봤던 자신의 몸이 상처 하나
없이 깨끗했던 기억이 났다.

그러고는 조금 전에 화운룡이 자신과 율타를 치료하고 무
공을 회복시켰다고 말한 것이 떠올랐다.

그녀는 경악하는 얼굴로 화운룡을 바라보았다.

화운룡이 싱긋 미소 지었다.

"치료하려면 어쩔 수 없었다."

"당신……."

화운룡은 사라달이 가져온 옷을 살펴보고는 여자 옷을 해
화에게 주었다.

"율타를 깨울 테니까 옷을 입어라."

해화는 깜짝 놀랐다.

"기다려요!"

화운룡은 도호반과 사라달, 율타, 해화를 데리고 오해란룡
방으로 향했다.

도호반과 율타 등은 어디로 가는지도 모르고 부지런히 화

운룡을 뒤따랐다.

율타는 깨어나자마자 부랴부랴 뒤쫓아오느라 화운룡하고 재회의 회포를 풀지도 못했다.

그는 사 년여 만에 화운룡을 만났을 뿐만 아니라 그의 도움으로 목숨을 건졌으므로 그 감회와 기쁨이야 이루 말할 수 없을 지경이다.

그래서 그는 잠시라도 화운룡과 대화를 하고 싶은데 그는 따라오라고만 말을 하고는 한 번도 뒤돌아보지 않고 바삐 달리고만 있다.

더구나 율타는 화운룡의 얼굴이라도 보려고 기를 써서 달리는데 그와의 거리가 좁혀지기는커녕 시간이 지날수록 점점 더 거리가 벌어지고 있으니 답답할 노릇이다.

옥봉과 항아, 연종초는 따뜻한 물로 목욕을 한 후에 깨끗한 옷으로 갈아입고 거실에 모여서 차를 마시고 있다.

옆의 커다란 탁자에는 여러 가지 요리와 술이 차려져 있는데 그것은 화운룡을 위한 술상이다.

화운룡에게 자신들의 공력을 전해주기 위해서 세 명이 한꺼번에 정사를 한 이후, 그녀들은 잠을 자지 않고 그를 기다리고 있는 중이다.

화운룡이 일찍 돌아오겠다고 말하지 않았더라도 남편이 출타 중인데 먼저 잠자리에 들 그녀들이 아니다.

그래서 목욕을 한 후에 화운룡이 돌아오면 같이 먹고 마시려고 술자리를 마련해 놓고 기다리는 중이다.

죽으면 실컷 할 수 있는 것이 잠이라고 생각하는 화운룡에게 동화된 세 명의 부인은 뭐가 그리도 재미있는지 연신 재잘거리면서 시간 가는 줄 몰랐다.

척!

그때 문이 열리고 화운룡이 들어섰다.

"오셨어요, 용공!"

"어서 오세요!"

세 여자는 발딱 일어나서 화운룡에게 우르르 모여들어 종달새처럼 종알거렸다.

화운룡은 훈훈한 미소를 지으며 고개를 끄떡였다.

"그래."

화운룡은 문밖을 향해 말했다.

"들어와라."

옥봉과 항아, 연종초는 누가 왔는지 궁금해서 문을 말끄러미 바라보았다.

잠시 후에 긴장한 표정의 도호반과 사라달, 그리고 율타와 해화가 들어섰다.

이들 네 사람은 자신들이 이곳에 무엇을 하러 왔는지 모른 채 몹시 조심스러운 모습이다.

그때 제일 먼저 연종초가 율타와 해화를 발견하고 가볍게 놀랐다가 입가에 빙그레 미소를 머금었다.

도호반과 율타 등은 두리번거리다가 한순간 연종초를 발견하고 크게 놀랐다.

"아앗!"

"아아……!"

＊　　　　＊　　　　＊

그들은 옥봉과 항아 사이에 다소곳이 서 있는 연종초를 눈을 커다랗게 뜨고 쳐다보았다.

아무도 입을 열지 않고 그저 경악하는 표정으로 바라보기만 했다.

설마 여황이 이런 곳에 평범한 모습으로 있을 것이라고 믿어지지 않기 때문이다.

도호반과 사라달은 율타와 해화를 쳐다보았다.

두 사람은 매우 드물게 일 년에 한두 번 여황을 알현한 적이 있어서 지금 이 상황이 사실인지 어떤지 진위를 구별하기가 어렵다.

하지만 천황 제자인 율타와 해화는 여황을 누구보다 잘 알고 있을 테니까 눈앞에 서 있는 사람이 여황인지 아닌지 판가름해 줄 것이다.

율타와 해화는 주춤거리면서 연종초에게 두어 걸음 다가가며 몹시 반가운 표정을 지었다.

"사부님이십니까……?"

연종초는 엷은 미소를 지었다.

"오냐."

"아아… 정말 사부님이신가요?"

"교교(皎皎)야, 벌써 사부 얼굴을 잊었느냐?"

'교교'라는 별명은 오로지 사부가 해화에게만 사용했었다.

"아아… 사부님……."

해화는 한달음에 달려가서 연종초 품에 안기며 와락 울음을 터뜨렸다.

"으흐흑……! 사부님… 도대체 어디에 계시다가 이제야 오신 건가요……?"

여황인 것을 확인한 도호반과 사라달이 급히 부복했다.

"폐하를 뵙습니다!"

율타도 황급히 부복했다.

"사부님을 뵙습니다!"

한바탕 소요가 지나간 후에 화운룡과 연종초, 옥봉, 항아는 자리에 앉았다.

율타와 도호반 등은 화운룡과 연종초가 나란히 앉아 있는 것을 보고 의아한 표정을 지었다.

그들은 반역의 무리 천황과 천황파 때문에 화운룡과 연종초가 함께 왔을 것이라고 짐작하지만 두 사람의 관계가 무엇인지는 알지 못했다.

일전에 화운룡이 도호반에게 왔을 때에는 동초후가 보냈다고 했으며 그의 신물인 동후신패를 보여주었었다. 그래서 도호반과 사라달은 화운룡을 동초후 대하듯이 했었고 이번에도 그때와 별반 다르지 않았다.

연종초는 도호반을 보며 입을 열었다.

"네가 보낸 서찰을 읽었다."

도호반은 황송한 표정을 지었다.

"사실 그것은 존동일왕이 보낸 것입니다. 속하는 실각하여 뇌옥에 감금되어 있었습니다."

"천황파에 대해서 조사하여 전하께 보고하라고 신군께서 명령하신 일이었습니다."

사라달이 깊숙이 허리를 굽혔다.

"수고했다."

연종초는 고개를 끄떡이고 궁금한 것을 물었다.

"그들은 어디에 있느냐?"

"천신본국에 있는 것으로 사료되옵니다."

"좌호법 주위에 누가 있느냐?"

"본초후와 본절신군 등이 있습니다."

일찌감치 뇌옥에 감금되었기에 천신국이 어떻게 돌아가는지 전혀 모르고 있었던 도호반은 묵묵히 사라달의 보고를 듣기만 했다.

사라달이 조심스럽게 말했다.

"천황은 이미 천신국을 완벽하게 장악했습니다."

그 말은 연종초에게 '더 이상 어떻게 해볼 방법이 없습니다'라는 뜻으로 들렸으며 연종초는 그렇게 알아들었다.

연종초는 화운룡을 보며 공손히 말했다.

"궁금하신 것 없으세요?"

도호반과 율타 등은 깜짝 놀랐다. 연종초가 화운룡에게 지나칠 정도로 깍듯하기 때문이다.

화운룡은 잠시 생각하다가 사라달에게 물었다.

"여황파가 누구며 얼마나 되는지 확인할 수 있느냐?"

도호반과 사라달 등은 깜짝 놀란 표정으로 연종초의 표정을 살폈다.

방금 화운룡이 '여황파'라고 말했기 때문이다. 그것은 천황파와 여황파 즉, 좌호법과 여황을 같은 반열에 올려놓은 것이다. 반역의 우두머리인 좌호법을 여황과 동격으로 취급하다니 그것은 신성에 대한 모독이다.

그러나 연종초의 얼굴이 평온한 것을 보고 도호반 등은 의아한 생각이 들었다.

아니, 연종초가 화를 내기는커녕 화운룡을 그윽하게 바라보면서 묘한 표정을 짓고 있었다.

연종초의 얼굴에는 애정이 듬뿍 담겨 있는데 도호반과 율타 등은 설마 여황이 그런 표정을 지은 것인지 반신반의했다.

사라달은 공손히 대답했다.

"동천국에서 여황 폐하를 따르는 인물에 대해서는 파악하고 있습니다만 다른 사국(四國)은 모르겠습니다."

"믿을 수 있는 자들이냐?"

"그렇습니다."

사라달은 자신 있게 말했다.

"속하를 비롯하여 동삼왕과 동사왕, 동오왕이며 여황 폐하에 대한 충성심은 하늘을 찌를 정도입니다."

천신국 다섯 개 나라 천신오국에는 각각 다섯 명씩의 존왕이 있으며 영주로서 각 나라의 다섯 개 지역을 통치하고 있는 실질적인 권력자들이다.

사라달의 말에 의하면 동천국 내에서는 존동이왕 한 명을 제외한 존왕 다섯 명이 여황파라는 것이다.

"그들을 부를 수 있겠느냐?"

"불러보겠습니다."

"감시당하고 있지 않느냐?"

"그렇습니다만 은밀하게 부르면 알아서 처리할 겁니다."

화운룡은 잠시 생각하다가 물었다.

"동천내절대공전은 어떠냐? 천황파가 있느냐?"

사라달은 진중한 표정을 지었다.

"저는 본신국에서 파견한 금투총령사의 명령에 따르고 있습니다. 그자가 동천내절대공전을 장악했습니다."

동천내절대공전은 동천내신군 도호반의 거처이며 동천국을 지배하는 기관이다.

동천외절대공전의 주인인 동천외신군은 십만 명의 군사와 일만 명의 고수들을 이끌고 중원에 나가 있다.

일국(一國)에는 두 명의 절대신군이 있으며 내신군과 외신군이 있는데 내신군은 나라를 통치하고 외신군은 전투만을 담당하고 있다.

"그자는 두 명의 금투정령수와 백 명의 금투정수들을 이끌고 왔습니다."

말하자면 불과 백 명 남짓의 금투정수들이 동천국 전체를 감시, 지배하고 있다는 뜻이다.

물론 사라달이 마음만 먹으면 언제라도 그들을 처치할 수 있지만 후환 때문에 그러지 못한다.

그들을 처치하면 천황파의 주세력이 즉각 동천국에 들이닥쳐 한바탕 피바람이 불 것이다. 그러는 것은 하책이며 화운룡이나 연종초가 원하는 바가 아니다.

"동천국 내의 존왕들을 감시하는 자들은 본신국에서 파견한 금투총령사의 수하들이냐?"

"그렇습니다."

화운룡은 가볍게 고개를 끄떡였다.

"그렇다면 금투총령사부터 처리해야겠군."

사라달은 화운룡이 금투총령사의 심지를 제압할 것이라는 사실을 짐작했다.

화운룡이 일어서자 옥봉과 항아, 연종초가 일제히 따라 일어섰다.

"지금 가실 건가요?"

"그래."

세 여자는 말없이 초롱초롱한 눈빛으로 화운룡을 바라보았다. 자신들을 데리고 가달라는 눈빛이다.

화운룡은 연종초의 뺨을 어루만졌다.

"종초 따라와라."

"네, 서방님!"

연종초는 꾀꼬리처럼 즐겁게 노래하듯 대답했다.

도호반과 율타 등은 영혼이 빠져나간 듯한 얼굴로 화운룡과 연종초를 쳐다보았다.

그러나 연종초는 아랑곳하지 않고 더없이 행복한 얼굴로 화운룡의 팔에 매달려 문으로 향하고 있다.

동천국은 고구려인들로만 구성된 고구려국이라서 도호반과 사라달은 '서방님'이라는 호칭이 무엇을 뜻하는지 너무도 잘 알고 있다.

연종초는 조금 전에 화운룡이 심지를 제압한 금투총령사를 앞에 세워놓고 물었다.

"너는 어디 소속이냐?"

금투총령사는 공손히 대답했다.

"북천국 제삼금투총령사 가륜(加侖)입니다."

지켜보고 있는 연종초와 도호반, 사라달은 뜻밖이라는 표정을 지었다.

본신국에서 동천국을 감시하라고 파견한 금투총령사의 신분이 본신국이 아니라 북천국 소속이기 때문이다.

"너는 누구의 명령을 받고 있느냐?"

"존북삼왕입니다."

"이곳 동천내절대공전의 일을 누구에게 보고하느냐?"

"본신국 본신삼왕입니다."

"흠."

연종초는 고개를 끄떡이고는 옆에 앉은 화운룡을 바라보며 물어볼 것이 없느냐고 묻는 듯한 표정을 지었다.

"동천국을 감시하는 자는 너희가 전부냐?"

"그렇습니다."

화운룡은 사라달에게 지시했다.

"나머지는 네가 알아서 해라."

"명을 받듭니다."

사라달은 이제부터 가륜이 해야 할 일 즉, 평소와 다름없이 행동하되 앞으로 동천내절대공전 내에서 벌어지는 일에 대해서는 절대 함구하고 천황파에서 무슨 명령이 내려오면 즉각 보고하라고 지시했다.

"알겠습니다."

가륜이 공손히 허리를 굽히는 것을 보면서 도호반과 사라달은 내심 감탄을 금치 못했다.

어떻게 사람의 심지를 제압해서 마음대로 부릴 수가 있는 것인지 신기하기 짝이 없다.

더구나 화운룡이 어떻게 가륜의 심지를 제압했는지 그 과정을 보지도 못했다.

사라달이 가륜을 밖으로 불러내고는 화운룡이 숨어 있는 전각 모퉁이를 한 번 슬쩍 쳐다봤을 뿐이었다.

그런데 전각 모퉁이에서 화운룡이 모습을 드러내서 걸어오는 모습을 보면서도 가륜은 아무런 반응을 보이지 않았었다.

그러고는 화운룡이 따라오라고 말하자 가윤은 생전 처음 보는 그의 뒤를 공손히 따라와서 이 방에 들어온 것이다.

화운룡이 사라달에게 말했다.

"이자의 수하들을 모두 불러 모아라."

"지금 말입니까?"

"그래."

도호반과 사라달은 화운룡이 가륜의 수하들까지도 심지를 제압하려는 것이라고 짐작했다.

화운룡이 동천내절대공전에 있는 가륜의 수하 삼십 명의 심지를 제압하고 나자 동이 텄다.

사라달이 조심스럽게 물었다.

"동천국 각 지역에서 네 명의 존왕을 감시하고 있는 가륜의 수하 칠십여 명은 어떻게 하시렵니까?"

도호반은 실각하여 뇌옥에 오래 갇혀 있었기 때문에 실무에 복귀하는 데 시간이 필요하다.

도호반이 없는 동안 사라달이 동천국 내의 대소사를 관리했기에 아직은 그의 손이 많이 필요하다.

사라달의 물음에 화운룡이 대답했다.

"그들까지 일일이 대처할 겨를이 없다."

화운룡은 옆에 앉은 연종초를 쳐다보았다.

"여긴 이쯤 해두고 우린 본신국으로 가야지?"

연종초가 배시시 미소를 지었다.

"그래야죠."

화운룡이 본신국으로 곧장 쳐들어가지 않은 이유는 혹시 싸움이 길어질 것에 대비하여 천신국 내부에 기반을 마련하기 위해서다.

그러지 않기를 원하지만 만에 하나 연파란과 연분홍, 연조음을 처치하는 일이 순조롭지 않고 복잡하게 꼬이면서 시일이 필요하게 된다면 화운룡 일행이 마음 편하게 묵을 곳이 필요하게 된다.

또한 든든한 뒷받침이 되어줄 배후 세력이 필요하다. 세상일이란 굵직한 일만 있는 것이 아니다.

나무에 잔가지가 더 많고 인체에 실핏줄이 거미줄처럼 복잡하게 얽힌 것처럼 세상에는 자잘한 일이 더 많은 법이다.

그날 밤 오해란룡방.

도호반과 사라달, 율타와 해화는 잔뜩 걱정하는 표정을 지으며 화운룡과 세 명의 여자를 쳐다보았다.

본신국의 현재 상황이 어떤지, 죽이려고 하는 좌호법 연조음이 그곳에 있는지도 모르는 상태에서 화운룡 일행이 본신국으로 간다고 하니까 걱정할 수밖에 없다.

"다녀오마."

화운룡이 태연한 얼굴로 말하자 도호반과 율타 등은 더욱 걱정스러운 표정을 지었다.

지켜보고 있는 오해란룡방 방주 부애신이 조심스럽게 말을 꺼냈다.

"주군, 가루라가 없는데 어찌 가실 건가요?"

현재 야말과 굴락이 가루라에 중원 사람들을 싣고 부지런히 섬서성까지 실어 나르고 있는 중이다.

"걱정하지 마라."

화운룡은 태연하게 말하고 노대(露臺: 발코니)로 나갔다.

*　　　　*　　　　*

화운룡이 두 팔을 활짝 벌리자 옥봉과 항아, 연종초가 넓은 품속에 옹송그리고 모여들었다.

도호반과 율타 등은 화운룡과 세 여자가 무엇 때문에 노대로 나왔는지를 알지 못하기 때문에 그저 어리둥절한 얼굴로 바라볼 뿐이다.

그때 화운룡이 세 여자를 품에 안고 밤하늘을 향해 수직으로 솟구쳤다.

스읏!

"아!"

"허엇!"

화운룡이 순식간에 밤하늘로 까마득하게 솟구치자 도호반과 율타 등은 깜짝 놀랐다.

그들이 밤하늘을 올려다보았을 때 이미 화운룡의 모습은 사라지고 난 후였다.

율타가 놀란 얼굴로 중얼거렸다.

"아아… 설마 저렇게 날아서 본신국까지 가시는 것인가?"

슈우우—

화운룡은 세 여자를 품에 꼭 안은 채 계속 밤하늘로 솟구쳐 올랐다.

"아아……."

세 여자는 살아생전에 단 한 번도 오르지 못했던 고공(高空)으로 자꾸만 솟구치자 경이로움과 두려움으로 나직한 탄성을 흘리며 화운룡의 품으로 파고들었다.

세 여자들 중에서 무공이 가장 고강했으며 천하에 다니지 않은 곳이 없는 연종초마저도 이처럼 까마득한 고공은 처음이라서 신기한 마음이 샘물처럼 솟구쳤다.

후우우—

화운룡은 몇 겹의 구름을 뚫고 사 분의 일각 동안 치솟고 서야 오르기를 멈추고 북서쪽으로 방향을 잡아 수평으로 날아가기 시작했다.

　"종초야, 이쪽 방향이 맞느냐?"

　화운룡의 물음에 연종초는 그의 겨드랑이 사이로 얼굴을 비집고 내밀어 두리번거리면서 달의 위치를 찾더니 배시시 미소 지었다.

　"네, 맞아요."

　"종초야, 아래가 비좁으면 위로 올라와라."

　"네, 서방님."

　화운룡이 비행하고 있는 중에 연종초는 두 팔로 그의 몸을 꼭 잡은 채 기어올라 등에 엎드렸다.

　"아아… 여기가 훨씬 편해요."

　그녀는 두 팔로 화운룡의 목을 안고 너른 등에 뺨을 붙이고 고양이 앓는 소리를 냈다.

　지금의 그녀는 천신국이 어찌 되든 중원이 어찌 되든지 사실 관심이 없다.

　세상이 종말을 고한다고 해도 사랑하는 화운룡 곁에만 있으면 그저 마냥 행복하다.

　화운룡 옆에만 있으면 조국이나 가족, 목적 같은 것은 하나도 생각나지 않는다.

오로지 어떻게 하면 화운룡의 사랑을 더 많이 받고 그를 행복하게 해줄 수 있을지에 대해서만 머릿속에 가득하다.

사람이 어떻게 이렇게 변할 수 있는지 그녀 스스로 생각해 봐도 신기하기만 하다.

사아아…….

화운룡은 지상에서 무려 삼백여 장 높이에 비스듬히 우뚝 선 자세로 비행하고 있는 중이다.

지금 그가 전개하고 있는 경공은 무극사신공 사신신법의 용신표(龍神飄)다.

용신표보다 훨씬 상승경공인 여의표류행(如意漂流行)을 터득했지만 지금은 용신표만으로도 충분하다.

바람만 있으면 한 움큼의 공력만으로 수천수만 리를 날아갈 수 있는 것이 바로 용신표다.

독수리는 까마득한 고공에서 커다란 날개를 활짝 편 채 순전히 바람만을 이용하여 어디로든지 마음대로 비행을 하는데 용신표가 바로 그 원리다.

지상에서는 아무리 빠른 경공술을 전개해도 앞을 가로막는 산이나 강 등의 지형지물 때문에 속도가 늦춰지지만 이런 고공에서는 거칠 것이 없으므로 바람처럼 빠르다.

그때 화운룡을 향해 마주 보는 자세로 가슴에 안겨 있는 옥봉이 그의 가슴에 뺨을 대고 말했다.

"용공."

"오냐."

"우리 사랑해요?"

"당연하지."

옥봉이 그의 가슴을 꼭 끌어안으며 속삭였다.

"우릴 버리지 마세요."

항아와 연종초도 위아래에서 그를 힘껏 안으며 애절하게, 그러나 달콤하게 속삭였다.

"류 니쨩, 설혹 죽음이라고 해도 우리 네 사람을 갈라놓지 못해요."

"천첩은 목숨이 백 개라도 백 개 다 서방님을 위해서 내놓을 수 있어요."

화운룡은 가슴이 뭉클하여 뜨거운 어조로 말했다.

"원래 나는 미래에서 옥봉 한 여자만을 짝사랑하면서 팔십사 세까지 살았었다."

옥봉은 가슴이 저림을 느끼고 입술을 꼭 깨물었다. 사람이 누군가를 가슴에 품은 채 한평생을 살아간다는 것이, 아니, 그 고통이 과연 어떠할지 짐작조차 되지 않았다.

"그런데 나의 간절한 소망이 이루어져서 과거로 회귀하게 되어 옥봉을 아내로 맞이할 수 있었다."

화운룡은 옥봉을 안은 팔에 조금 더 힘을 주고 말을 이었다.

"그래서 더할 수 없이 행복했는데 거기에 항아와 종초까지 아내로 얻게 되었으니, 요즘 내 기쁘고 행복한 심정은 이루 표현할 방법이 없을 정도다."

그는 진심이 뚝뚝 묻어나는 목소리로 말했다.

"고마워, 봉애. 내가 잘할게."

옥봉은 눈물이 왈칵 솟구쳐서 그를 꼭 붙잡고 몸을 바르르 떨었다.

항아와 연종초가 합창하듯이 외쳤다.

"봉 언니! 저희가 정말 잘할게요!"

옥봉은 마침내 참았던 울음이 터졌다.

"와아앙! 용공께선 왜 그런 말씀을 하셔서……."

항아와 연종초도 몸부림치면서 울어대자 화운룡은 흐뭇한 미소를 지었다.

'허허헛……! 다들 예뻐 죽겠구나……!'

화운룡은 용신표를 전개하여 동천국에서 본신국 수도인 토노번(吐魯番: 투루판)에 도착했다.

이곳까지 오는 데 세 시진이 걸렸으며 거리로는 팔백여 리이고 한 번도 쉬지 않았다. 힘든데도 참은 것이 아니라 조금도 힘들지 않았다.

"어디냐?"

화운룡의 물음에 그의 등에 엎드려 있는 연종초가 안력을 돋우어 아래를 내려다보다가 한 곳을 가리켰다.

"저기예요."

연종초가 가리킨 곳에는 그녀가 충신이라고 믿는 사람의 장원이 있다.

본신국의 수도인 토노번은 천신오국의 정치, 경제, 군사 등의 중심지이므로 매우 번화하고 인구가 백오십만 명이 넘을 정도로 규모가 거대하다.

화운룡은 연종초가 가리킨 장원을 향해서 급전직하 번갯불처럼 내리꽂혔다.

스웃······.

어느 전각의 담 옆에 내려선 화운룡은 이어전성으로 옥봉과 항아에게 지시했다.

[은형인이 되자.]

그는 말이 끝나자마자 모습이 그 자리에서 감쪽같이 사라졌으며 뒤를 이어 옥봉과 항아가 차례로 모습을 감추었다.

옥봉과 항아, 연종초는 심심상인을 통해서 화운룡의 절학들을 전수받았으므로 공력이 미치는 한 웬만한 무공들은 다 전개할 수 있게 되었다.

[가자.]

화운룡이 이어전성으로 말하자 연종초가 그가 있는 쪽을 바라보며 미소를 지었다.

[천첩 곁에 꼭 계세요.]

[알았다.]

이윽고 연종초는 경공을 전개하여 전각의 모퉁이를 향해 그림자처럼 쏘아갔다.

전각의 전문은 굳게 닫혀 있으며 지키는 사람은 없었다.

연종초가 전문을 잡고 가볍게 밀자 안쪽으로 열렸다.

그긍…….

묵직한 문소리가 났지만 연종초는 공력으로 문소리를 흡수하여 퍼져 나가지 못하게 했다.

대전에 들어선 그녀는 주위를 두리번거렸다. 그녀가 찾는 사람이 어디에 있는지 감지하려는 것이다.

사실 그녀는 자신이 믿는 충신의 거처인 이곳 장원에 지금 처음 와보는 것이다.

장원에는 십여 채의 전각이 있지만 고구려 전통 양식으로 지어졌기에 장원의 주인이 어느 전각에서 묵을지 짐작으로 이곳에 들어온 것이었다. 그러나 아래위층 수십 개의 방들 중에서 그가 어디에서 자고 있는지 알 방도가 없다.

그녀가 청력을 돋우니까 아주 미미한 기척이 감지됐다. 그런데 그게 무엇인지 짐작조차 가지 않았다.

화운룡이 연종초의 손을 잡더니 기척이 감지된 방향으로 이끌었다.

[가자.]

화운룡도 기척을 감지하여 이상하다고 여긴 모양이다.

실내에는 네 사람이 있는데 기척이 밖으로 새어 나오지 않는 이유는 그들이 무형막을 일으켜서 자신들의 말과 기척을 차단했기 때문이다.

네 사람이 있는 것은 알겠는데 그들이 누구인지 무슨 대화를 나누고 있는지는 알 수가 없다.

척!

연종초는 다짜고짜 문을 열고 안으로 들어갔다.

그녀는 저만치의 탁자에 네 사람이 둘러앉아서 술을 마시고 있는 광경을 발견했다.

아니, 그들은 술을 마시는 것이 아니라 술을 차려놓고 긴밀하게 대화를 나누는 중이다.

그들이 얼마나 심각하며 진지한 대화를 나누는지는 그들의 표정을 보면 짐작할 수가 있다.

그들은 연종초가 문을 열고 실내에 들어왔는데도 전혀 모르는 듯했다.

무형막은 그들의 기척만 차단하는 것이 아니라 밖에서의 기척도 차단하기 때문이다.

연종초는 네 사람을 보고는 조금 안도하는 표정으로 그들을 향해 다가갔다.

네 사람이 있는 탁자 옆에만 유등이 걸려 있어서 그곳을 제외한 실내는 꽤 어두웠다.

그렇지만 이윽고 연종초가 이 장 근처까지 다가가자 그녀 쪽을 향해 앉아 있던 인물이 그녀를 발견하고는 깜짝 놀라 벌떡 일어섰다.

다음 순간 다른 세 명도 번개같이 퉁기듯 일어서며 반사적으로 공격할 태세를 갖추었다.

"멈추시오!"

그러나 최초에 연종초를 발견한 인물이 낮고 짧게 외치며 두 팔을 벌려 다른 세 명을 제지했다.

연종초를 뒤따라 들어온 화운룡은 이미 실내에 무형막을 쳐놨으므로 아무 소리도 밖으로 새어 나가지 않았다.

네 사람은 그사이에 일 장까지 다가온 새카만 흑의에 눈을 이고 있는 듯이 백발이 된 연종초를 발견하고는 소스라치게 놀랐다.

"오오… 폐하시여……!"

"이런… 진정 폐하이십니까?"

연종초는 이곳에 있는 네 인물이 자신이 평소에 충신이라고 믿는 사람들뿐이어서 마음이 놓였다.

그녀는 엷은 미소를 지으며 고개를 끄떡였다.

"그래. 나다."

"아아… 어찌 이런 일이……."

네 인물은 너무도 경악하여 어쩔 줄 모르다가 한 인물이 급히 부복했다.

"소신 연도인(淵導引), 폐하를 뵈옵니다."

그러자 다른 세 사람도 분분히 그 자리에 부복하면서 낮게 외치는데 목소리에 울음이 배어 있다.

연종초는 두 팔을 벌려 잠력으로 네 인물을 일으켰다.

"일어나라."

연종초를 처음 발견한 연도인이 반갑고 황망한 표정으로 어쩔 줄 모르면서 물었다.

"폐하, 어인 일이십니까?"

연종초는 짧게 대답했다.

"바로잡으려고 왔다."

그러자 네 사람은 안도의 환한 표정을 지으며 크게 고개를 끄떡였다.

"소신들은 폐하를 기다리고 있었습니다……!"

"폐하께서 어찌 되셨는지 도무지 알 방법이 없어서 애를 태우고 있었습니다……."

연종초는 네 인물을 둘러보고는 조용히 입을 열었다.

"너희들은 이런 야밤에 무얼 하고 있는 것이냐?"

연종초가 만나러 온 사람은 본신국 수도인 토노번을 관할하는 대장군이며 성주 대모달(大模達) 연도인이다. 명나라로 치자면 북경의 구문제독 같은 지위다.

그리고 다른 세 인물은 두 명의 말객(末客: 장군)과 한 명의 대로(對盧: 장관)이다.

말객은 대모달 연도인의 심복이며 대로는 친구다.

연도인이 공손히 아뢰었다.

"소신들은 구국(救國)을 위한 밀회 중이었습니다."

나라 즉, 천신국을 구하려고 이들 네 명이 모였다는 것이다.

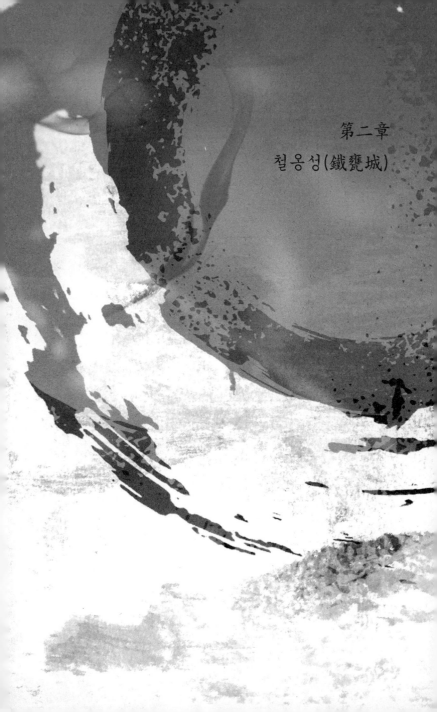

第二章

철옹성(鐵甕城)

그때 말객 중에 한 명이 무언가를 깨닫고 깜짝 놀라 급히 연도인에게 전음을 보냈다.

[대모달 각하. 지금 무형막이 쳐져 있습니까?]

"아……."

대모달 연도인은 크게 낙담하는 표정을 지었다. 조금 전에 연종초를 발견한 순간부터 너무 놀란 나머지 무형막을 치는 것을 잊고 크게 떠들었던 것이다.

연도인에게 전음을 보냈던 말객이 급히 문으로 향했다.

[제가 나가서 둘러보겠습니다.]

연종초가 그를 제지했다.

"그럴 필요 없다."

연종초는 놀라며 어리둥절하는 연도인 등에게 차분한 표정으로 말했다.

"이 방 전체는 외부와 차단됐으므로 염려하지 마라."

"폐하께서 차단하셨습니까?"

"아니다. 내 남편께서 하셨다."

연종초의 청천벽력 같은 말에 네 명은 대경실색하며 아무 말도 하지 못했다.

연종초는 엄숙한 표정을 지었다.

"나는 혼인을 했다."

그녀는 자신의 뒤쪽을 돌아보며 공손히 허리를 굽혔다.

"서방님, 모습을 보이세요."

네 명이 어둠을 쳐다보았지만 아무도 볼 수가 없어서 의아한 표정을 지었다.

바로 그때 그들이 보고 있는 어둠 속에서 갑자기 몇 사람이 모습을 드러냈다.

"앗!"

"허엇!"

나타난 사람은 화운룡과 그의 양옆에 서 있는 옥봉과 항아다.

대모달 연도인을 비롯한 네 명은 화운룡과 옥봉, 항아에게서 시선을 떼지 못하고 경악하는 표정을 지었다.

그때 연종초가 화운룡 옆으로 다가와서 그를 두 손으로 공손히 가리키며 연도인 등에게 말했다.

"인사드려라. 서방님이시다."

연도인 등은 번쩍 정신을 차리고는 황급히 그 자리에 엎어지듯이 부복했다.

"폐하를 뵈옵니다!"

화운룡은 잠시 기다렸다가 무형잠력을 일으켜서 그들 네 명을 일으켜 세웠다.

"일어나라."

연도인 등은 자신들의 몸이 저절로 퍼지더니 곧 바닥을 딛고 서 있게 되자 크게 놀란 얼굴로 화운룡을 바라보았다.

연종초는 화운룡이 수하들에게 신위를 보이자 흡족한 표정을 지었다.

연도인 등은 갑자기 나타난 여황이 자신의 남편이라며 소개한 사내가 천하에 짝을 찾기 어려울 만큼의 절세미남자인데다 키가 매우 크고 당당한 체격에 만인을 압도하는 기도까지 뿜어내고 있으므로, 자신들도 모르게 감탄이 겉으로 드러나 절로 고개를 끄떡이면서 탄성을 터뜨렸다.

"오오……"

"아아… 인중지룡이로다……."

수하들이 화운룡을 보고 극찬하자 연종초는 너무도 기분이 좋아서 몸이 마냥 둥둥 떠오를 것만 같았다.

화운룡과 옥봉, 항아, 연종초가 탁자 둘레에 앉았고 연도인 등 네 명은 앞쪽에 늘어섰다.

연도인이 연종초를 보면서 조심스럽게 말했다.

"보름 후에 좌호법이 천황에 즉위합니다."

"그래?"

"그 후에 중원을 재침공한다는 계획입니다."

그 정도는 화운룡과 연종초가 예상하고 있었다.

"좌호법을 보았느냐?"

"봤습니다."

"좌호법 주위에 누가 있더냐?"

연종초의 얼굴에 살기가 일렁거렸다.

"천 명의 고수들이 좌호법을 호위하고 있습니다."

연종초는 혹시 연조음 주위에 연분홍이나 연파란이 있을지 몰라서 물었는데 뜻밖의 대답이 나왔다.

"고수들 말고 뭔가 특이한 자가 없느냐는 말이다."

"없었습니다."

화운룡은 연종초가 대수롭지 않게 여기는 연조음 주위의

고수에 대해서 물었다.

"좌호법을 호위하는 천 명은 어떤 자들이냐?"

연도인은 미간을 좁혔다.

"처음 보는 자들입니다. 그런데 그들은 하나같이 무표정하며 흑의를 입고 있습니다."

화운룡이 쳐다보자 연종초가 입술을 잘근 깨물며 나직하게 중얼거렸다.

"흑천성군이에요."

고구려인 그것도 연신가 출신인 대모달 연도인은 움찔 몸을 떨었다.

"설마 전설의 그 흑천성군입니까?"

"그렇다."

연종초의 어두운 표정을 보고 연도인을 비롯한 네 명은 아연실색하는 표정을 지었다.

"맙소사……."

"전설의 흑천성군이라니……."

고구려의 정신적 지주인 연신가에는 천 년 전부터 전해 내려오는 비급서가 있으며 그것이 흑천성록이다.

오백여 년 전에 고구려가 멸망했을 때에도 흑천성록을 열지 않았었다.

연신가나 천백문이 멸문했을 때에만 흑천성록을 열 수 있다는 엄중한 가문의 규칙이 있기 때문인데, 고구려가 멸망했을 때에도 열지 않았던 흑천성록이 열리고 그로 인해서 흑천성군이 탄생한 것이다.

"몰랐었느냐?"

"전혀 몰랐습니다. 그런데 똑같은 복장의 고수가 수천 명이나 더 있습니다."

"알고 있다."

도호반이 보낸 서찰에는 흑천성군이 오천 명에 강령혈대가 삼만 명 있다고 적혀 있었다.

흑천성군 천 명이 호위하고 있다면 연조음을 죽이는 일은 절대로 쉽지 않다.

연도인은 자신들이 상의한 내용을 말했다.

"황궁을 공격하려고 합니다."

"어떤 계획이냐?"

"황도경비군(皇都警備軍) 십만과 황궁수비군(皇宮守備軍) 삼만 도합 십삼만 명이 일거에 황궁을 공격할 것입니다."

연도인과 두 명의 말객. 한 명의 대로는 의기양양하고 자랑스러운 표정을 지었다.

"여전히 여황 폐하께 충성하고 있는 사람들이 꽤 많습니다. 거사가 벌어지면 그들도 일제히 들고 일어날 것입니다. 충분히 가능합니다."

연종초는 쓸쓸한 표정을 지었다.

"흑천성군이 오천 명이나 있다고 하지 않았느냐?"

연도인은 자신 있게 말했다.

"저희 쪽은 십삼만입니다. 흑천성군 오천 명은 일거에 쓸어버릴 수 있습니다."

"틀렸다. 너희들은 십삼만으로 흑천성군 백 명도 죽이지 못할 것이다."

"폐하……."

연종초는 흑천성군의 무서움에 대해서, 그리고 강시 군단인 강령혈대가 삼만 명이나 있다는 사실을 설명해 주었다.

설명을 듣고 난 연도인 등이 반신반의하는 표정을 짓는 것을 보고 화운룡이 나섰다.

"자네 무위가 어느 정도 수준인가?"

화운룡의 물음에 연도인이 공손히 대답했다.

"오 갑자 공력에 연신가의 무공을 익혔습니다."

"흑천성군 각자는 자네 정도의 공력에 흑천성록의 세 가지 절학을 터득했으며 더욱 중요한 것은 그들이 모두 도검불침지신이라는 사실이다."

"……."

연도인 등은 아연실색하여 아무 말도 하지 못했다.

이들 중에서 연도인이 가장 고강하며 그가 최고 책임자로 있는 황도경비군 내에서도 열 손가락에 꼽힐 정도의 실력자다.

그런데 흑천성군 각자가 연도인의 공력 수위와 비슷한 데다 흑천성록의 절학을 터득했고 더구나 도검불침지신이라는 것이니 너무 놀라고 어이가 없어서 말문이 막혔다.

그렇다면 연도인의 능력으로는 흑천성군 한 명의 적수도 되지 못한다는 얘기다.

"그런 흑천성군이 연조음 주위에 천 명, 황궁 내에 오천 명이 우글거리고 있다는 걸세. 어떤가? 자네의 십삼만 군사들이 그들을 이길 것 같은가?"

"……"

"그뿐만이 아니라 강시군단 강령혈대 삼만 명까지 있다는데 말이야."

연도인은 전전긍긍하다가 깊숙이 허리를 접었다.

"죄송합니다. 객기를 부렸습니다……!"

오늘은 천황의 교시가 있는 날이라서 본신국의 모든 관리들이 황궁에 들어가야 한다.

대모달 연도인은 심복 수하인 말객 두 명을 대동하고 황궁으로 향했다.

황궁으로 곧게 뻗은 근황도(近皇道)에는 민간인의 모습은 한 명도 보이지 않았다.

예부터 여황의 교시가 있는 날에는 근황도에는 백성의 모습이 일체 보이지 않고 오로지 관리들만 왕래할 수가 있었다.

거대한 황도 토노번 각처에 살고 있는 수천 명의 관리들이 근황도로 모여들었다.

그리고 근황도를 가득 메운 관리들은 활짝 열려 있는 황문을 통과하여 황궁으로 파도처럼 들어갔다.

저벅저벅…….

연도인과 두 명의 심복 말객은 수많은 관리들에 섞여서 황문을 향해 걸어가고 있다.

대모달 연도인은 본인이 맞지만 두 명의 말객은 화운룡과 연종초가 이형변체신공을 발휘하여 변신한 모습이다.

화운룡은 오늘 당장 연조음을 죽이려는 것이 아니고 일단 황궁 내부를 둘러보려는 것이다.

연분홍이나 연파란이 연조음 주위에 있다고 해도 다른 사람들은 모르겠지만 연종초는 그녀들을 알아볼 수 있을 것이기 때문이다.

연분홍과 연파란이 미래에서 현재로 회귀를 했는지 확인하는 것이 우선이다.

면밀하게 조사하고 분석하여 연분홍과 연파란이 왔다면 그대로의 계획이 필요할 것이고, 오지 않았다면 연조음만 죽이면 될 일이다.

황문으로 들어서기도 전에 화운룡은 어마어마한 황문의 규모에 질려 버렸다.

아무리 황문이라지만 그래도 일개 문인데 높이가 자그마치 십여 장이고 좌우 폭이 십오륙 장이다.

마차나 수레 십여 대 이상이 일렬횡대로 나란히 서서 드나들 수 있을 정도다.

더구나 황문 안팎에는 금빛 번쩍이는 황금빛 금갑에 금빛 투구를 쓴 군사 수백 명이 금창과 금검, 금도를 차거나 메고 질서 있게 도열해 있어서 보는 사람을 압도하고 있다.

연도인 뒤에서 연종초와 나란히 따르고 있는 화운룡은 어이없는 목소리로 전음을 보냈다.

[명나라 자금성 황문은 여기에 비하면 측간 같구나.]

[무슨 뜻인가요. 서방님?]

[어마어마하다는 거다.]

[나중에 천첩이 황권을 회복하면 황문을 축소하겠어요. 지금은 예쁘게 봐주세요.]

[고치라는 게 아니다.]

황문 안으로 들어선 화운룡은 드넓은 마당 너머 모습을 드러낸 거대한 황궁의 전경을 발견하고 자신도 모르게 우뚝 걸음을 멈추었다.

[서방님.]

나란히 걷던 연종초가 따라서 멈추고 그를 바라보았다.

[아… 니다.]

화운룡은 다시 걸으면서 보일 듯 말 듯 고개를 가로저었다.

[저거 종초 네가 지은 것이냐?]

그가 응시하고 있는 드넓은 마당 너머의 거대한 황궁은 지금껏 그가 봐왔던 그 어떤 건축물보다 규모가 컸다.

[아니에요.]

[그럼 누가 지었느냐?]

[천첩은 지으라고 명령만 내렸을 뿐 지은 것은 다른 사람들이에요.]

화운룡은 어이없는 표정으로 연종초를 쳐다보았다.

[그걸 말이라고 하는 거냐?]

검은 수염에 용맹한 얼굴의 말객인 연종초가 슬쩍 화운룡의 손을 잡았다.

[헤헤… 천첩이 장난친 거예요.]

화운룡은 화제를 바꾸었다.

[대모달 정도의 지위면 천황하고 어느 정도 거리에 시립하는 것이냐?]

연종초는 잠시 생각하고 나서 대답했다.

[오 장 정도예요.]

[흠, 괜찮군.]

오 장 정도라면 화운룡이 충분히 손을 쓸 수 있는 거리다.

*   *   *

화운룡과 연종초는 드넓은 마당을 지나서 수백 개의 돌계단을 올라가 드디어 황궁 안으로 들어갔다.

황궁 안 대전은 길이가 무려 이백여 장에 폭이 백오십 장에 이를 정도로 어마어마한 규모를 자랑했다.

연도인의 대모달 지위는 천신국에서 서열로 따지면 이십육 위에 해당한다.

그것은 연도인이 천황으로부터 스물여섯 번째 자리에 서게 될 것이라는 뜻이다.

대전 안에는 이미 많은 사람들이 들어와 있지만 말소리가 일절 들리지 않았다.

아무도 잡담을 하지 않기 때문이다. 아는 사이라고 해도 그저 눈인사 정도만 나눌 뿐이다.

그래서 수백 명이 들어와 있는데도 발소리나 옷자락 스치는 소리만 들렸다.

대전 정면에는 몇 칸의 계단이 있으며 마지막 계단 위 한복판에 커다랗고 화려한 태사의가 있는데 비어 있다.

천황의 교시가 있을 사시(巳時: 오전 10시경)를 반시진 남겨두었을 때 드넓은 대전 안에는 이천오백여 명의 관리들이 모두 모여서 제자리에 서 있다.

천황을 제외하고 본신국에서 제일 서열이 높은 천초후가 계단 바로 아래 오른쪽 첫 번째 제일렬에 서 있고 맞은편에 그다음 서열인 두 명의 신군이 나란히 서 있다.

연도인은 열세 번째 오른쪽에 섰으며 그 뒤에 화운룡과 연종초가 나란히 섰다.

천초후와 신군, 존왕 뒤에는 제자 두 명이 서고 관직인 태대로와 대로, 대모달 등의 뒤에는 책사나 최측근이 서는 것이 규칙이다.

대전 내에 복장을 갖춘 이천오백여 명이 서로 마주 보는 자세로 도열해 있는 광경은 실로 장관이었다.

천신국의 관직은 고구려의 것을 대부분 그대로 답습했으며 대모달은 대장군의 지위며 색성칠위 금성족 중에서 한 가문이 세습하고 있다.

즉, 한 번 대모달에 임명되면 대대손손 그 가문의 자손들이 대모달 지위를 이어가는 것이다.

돌계단 위에는 아직 아무도 모습을 드러내지 않았다.

연도인 뒤 왼쪽 그러니까 바깥쪽에 선 화운룡은 대전 입구 쪽을 쳐다보았다.

도열해 있는 관리들 모습만 끝없이 보일 뿐 그 밖의 것은 보이지 않았다.

그런데 활짝 열려 있는 대전 문 바깥쪽에서 이동하고 있는 규칙적인 발소리가 들렸다.

척척척척……

그것은 수천, 아니, 수만 명의 군대가 대전 바깥 드넓은 마당에 도열하고 있는 소리다.

'무엇 때문에 군사들이……'

천황이 교시를 발표하는 날에 어째서 수만 명의 군사들이 마당에 도열한다는 말인가. 호위나 경계를 위해서라면 수백 명이면 될 일이다.

그때 마당에서 들리던 소리가 이번에는 대전 안으로 이어지기 시작했다.

척척척척척!

그러고는 대전 내의 여러 개의 문을 통해서 일단의 무리가 안으로 쏟아져 들어왔다.

시커먼 흑삼을 입은 인물들이 질서정연하게 들어와서 사방의 벽을 등지고 죽 늘어섰다.

'흑천성군이로군.'

잠시 후 묵직한 발소리가 멈추고 나서 화운룡이 슬쩍 둘러보니까 사방에 벽을 등지고 세 겹으로 늘어선 흑천성군의 수는 삼천여 명에 달했다.

척척척척……

그리고 세 번째 발소리가 시작되더니 전면 돌계단 양쪽의 문으로 흑천성군들이 줄지어 들어와서 돌계단 아래와 위, 주변에 겹겹이 포진했다.

약 천 명의 흑천성군들이 돌계단 주변에 자리를 잡고 나서야 마침내 천황이 모습을 드러냈다.

"천황 폐하 납시오! 모두 부복하시오!"

누군가 쩌렁쩌렁하게 외쳤다.

그러자 제일렬의 천초후를 비롯하여 대전에 있는 모두가 그 자리에 무릎을 꿇고 부복하며 소리쳤다.

"천황 폐하 만만세!"

부복한 상태에서 화운룡이 연종초를 쳐다보니까 마침 그녀도 그를 보다가 두 사람의 시선이 마주쳤다.

둘 다 연도인의 심복인 말객으로 변신했지만 표정을 감출 수는 없는 법이다.

말객 모습의 연종초는 씁쓸한 표정을 짓고 있었다. 자신의 좌호법이었던 연조음에게 부복하는 것이므로 기분이 착잡할 수밖에 없을 터이다.

더구나 연종초는 아직 연조음의 얼굴조차 보지 못하고 절부터 하고 있는 것이다.

바닥에 엎드린 자세의 화운룡은 연종초를 보면서 빙그레 미소 지었다.

[괜찮으냐?]

연종초는 벙긋 웃었다.

[서방님 곁에만 있으면 행복해요.]

[수염 난 징그럽게 생긴 녀석이 서방님이라고 부르니까 징그럽구나.]

사십 대 중반의 말객이 짙은 눈썹을 찡그리면서 화운룡을 곱게 흘겨보았다.

[그럼 보지 마세요.]

[아니다. 그래도 볼 거다.]

[아유… 정말 짓궂으셔.]

그때 다시 쩌렁한 외침이 터졌다.

"일어나시오!"

부복했던 이천오백여 명이 일어나는데 기침 소리조차 나지 않고 옷자락 부대끼는 소리만 났다.

제일렬에 있던 천초후가 걸음을 옮겨 황금색 계단을 올라가더니 두 번째 칸에 멈추었다.

황금색 계단은 모두 세 개의 칸이 있으며 그 위의 태사의에 연조음이 앉아 있다.

연조음 옆에 있는 한 명의 청년이 계단을 내려와서 천초후에게 황금색으로 빛나는 첩지 한 장을 두 손으로 건네자 천초후는 허리를 굽히며 그것을 받았다.

천초후는 첩지를 펼치더니 거기에 적힌 천황의 교시를 읽기 시작했다.

"이 나라를 대환국(大桓國)이라고 명명한다!"

첫 번째 교시는 천신국이라는 국명을 대환국으로 개명한다는 내용이다.

그런데도 아무런 술렁거림이 없다. 대전 내의 이천오백여 명은 이 사실을 처음 들었을 텐데도 놀라서 옆 사람과 수군거리지도 않았다.

"대환국은 열흘 후 중원을 공격한다!"

세 번째 교시는 중원 침공 때의 지휘자들을 임명하는 일인데 자신의 이름이 호명될 때마다 사람들은 한 걸음 앞으로 나서 부복했다.

연도인은 황도를 지키는 대모달이므로 중원 침공하고는 거리가 멀기에 호명될 리가 없다.

연종초는 연조음 쪽을 보려고 애썼지만 사람들의 인벽(人壁)에 가려 전혀 보이지 않았고 화운룡도 마찬가지다.

그때 연도인 오른쪽 그러니까 열두 번째 인물이 호명되자 그가 앞으로 한 걸음 나서더니 부복했다.

그리고 연이어 예상을 깨고 연도인이 호명됐다.

연도인은 움찔 가볍게 놀라더니 앞으로 한 걸음 나섰다가 부복했다.

"대모달 연도인 황명을 받듭니다!"

그 덕분에 화운룡과 연종초 앞이 훤하게 트여서 태사의 쪽을 볼 수 있게 되었다.

천초후는 계속 호명하고, 화운룡과 연종초는 조심스럽게 세 칸의 돌계단 위 태사의 쪽을 쳐다보았다.

그때 연도인의 다급한 전음이 들렸다.

[두 분이 호명됐습니다. 어서 나오십시오!]

이미 옆쪽의 다른 사람이 호명되어 앞으로 나서고 있으므로 화운룡과 연종초는 늦은 셈이다.

[제 좌우에 부복하십시오.]

두 사람은 급히 연도인의 좌우로 나가 부복했다.

자신들이 변신한 말객의 이름을 모르고 있었으므로 이런 일이 벌어진 것이다.

연도인이 앞으로 나가 부복한 직후에 화운룡과 연종초가 태사의 쪽을 보려고 하는데 연도인의 다급한 전음이 들려왔기에 미처 태사의를 살필 겨를이 없었다.

화운룡은 연도인 왼쪽에 부복한 후에 이어전성으로 그에게 물었다.

[자네가 중원 정벌에 출정하는 것이 정상적인 일인가?]

명나라의 황도인 북경 수비대 구문제독과 같은 지위인 연도인이 중원 정벌에 출정하는 것은 한 가지 이유로밖에 설명이 되지 않는다.

즉, 총력전을 펼치려는 것이다. 황도를 수비하는 군사들까지 깡그리 총동원하여 전쟁을 치르는 것이다.

중원 정벌이라고 하지만 이것은 명나라가 아닌 천신국끼리의 전쟁이다.

중원을 지배하고 있는 여황의 세력과 천신국을 대환국으로 개명한 천황의 세력이 맞붙는 것이다.

그리되면 죽어나는 것은 천신국뿐이다. 중원도 얼마간 피해를 입겠지만 구 할 이상이 천신국의 다섯 나라 사람들이 떼죽음을 당할 것이다.

[서방님, 어쩌시겠어요?]

그때 연종초가 이어전성으로 물었다.

화운룡은 부복한 상태에서 되물었다.

[너는 어떻게 하면 좋겠느냐?]

[연조음을 죽이고 싶어요.]

연종초는 속마음을 감추지 않았다.

[저 위에 누가 있는지를 확인하기 전에는 어떤 행동도 취해

서는 안 된다.]

연종초는 잠시 가만히 있다가 차분한 목소리로 말했다.

[중원 정벌을 강행하면 수십만 명이 떼죽음을 당할 거예요. 그걸 막아야만 해요.]

[우리가 여기에 온 목적이 그게 아니냐? 나는 무슨 일이 있어도 반드시 중원 정벌을 막을 것이다.]

[알았어요.]

두 사람이 이어전성으로 대화하는 동안에도 천초후의 호명이 계속 이어졌다.

이천오백여 명 중에서 호명된 사람은 이백팔십오 명이다.

호명이 끝나자 이백팔십오 명은 열 명씩 줄을 맞춰서 돌계단 아래로 허리를 굽힌 채 걸어 나갔다.

연도인과 화운룡, 연종초는 두 번째 줄 왼쪽에서 세 번째, 네 번째, 다섯 번째에 서 있다.

이윽고 이백팔십오 명이 돌계단 아래에 멈추자 둘째 칸 돌계단 위의 천초후가 아래를 굽어보며 웅혼하게 말했다.

"천황 폐하께서 격려 말씀을 하실 것이다."

잠시 후 가장 높은 셋째 칸 돌계단 위에서 옷자락 스치는 소리가 나더니 연종초의 기가 막힌다는 이어전성이 들렸다.

[맙소사……!]

[왜 그러느냐?]

화운룡은 고개를 살짝 들고 앞사람 사이로 천초후 위쪽에 막 모습을 나타낸 인물을 보았다.

황금색 옷을 위아래로 입은 그는 불과 이십오륙 세의 젊은 여자였다.

머리에는 수십 개의 반짝이는 보석이 박힌 금관을 썼으며 오른손에는 다섯 자 길이의 황금 홀을 쥐고 있다.

그런데 그녀를 보는 순간 화운룡은 그녀가 연종초와 매우 닮았다는 생각이 들었다.

두 사람이 쌍둥이거나 나이 터울이 거의 없는 친자매라고 해도 믿을 수 있을 정도다.

그녀가 연조음이라면 연종초의 둘째 언니로서 삼십구 세의 나이다.

공력이 심후하면 젊음을 회복할 수 있다고 하지만 연조음이 연종초와 쌍둥이처럼 닮았다는 말은 듣지 못했다.

그때 연종초의 억눌린 듯한 목소리가 들렸다.

[으음… 연파란이에요.]

[…….]

그 말을 듣는 순간 화운룡은 둔기로 뒤통수를 호되게 얻어맞은 충격을 받았다.

[틀림없느냐?]

연종초가 자신의 모친 얼굴을 알아보지 못할 리가 없다.

[틀림없어요. 연파란이 분명해요.]

[허어…….]

화운룡은 차츰 충격에서 헤어났지만 한 가지 의문이 생겼다.

어째서 다들 좌호법 연조음이 천황의 위에 오른 것으로 알고 있는 것인가 말이다.

하지만 지금은 그런 것이 중요하지 않으므로 나중에 생각하기로 했다.

어쨌든 미래에 있어야 할 연파란이 과거로 회귀했다. 그럴지도 모른다고 했던 짐작이 들어맞았다.

그때 연파란 뒤쪽 좌우로 두 여자가 모습을 드러내자 연종초가 신음을 흘렸다.

[왼쪽이 연조음이고 오른쪽이 연분홍이에요.]

이것으로 분명해졌다. 연파란과 연분홍이 미래에서 과거로 왔으며, 지금까지 천신국에서 일어났던 그 모든 일들이 연파란의 치밀한 계획이었다는 사실이다.

[죽일 년들…….]

연종초는 자신의 친어머니이며, 친언니들인데도 거침없이 욕설을 내뱉었다.

화운룡은 연종초를 백번 이해했다. 그가 연종초 입장이라고 해도 욕부터 나올 것 같았다.

*   *   *

화운룡과 연종초가 서 있는 곳에서는 앞에 가리는 사람이 없어서 연파란 등이 잘 보였다.

세 칸의 돌계단 위에 서 있는 연파란과 연분홍, 연조음을 주시하는 화운룡과 연종초는 몹시 긴장했다.

화운룡이 힐끗 쳐다보니까 연파란을 쏘아보고 있는 연종초는 이성을 잃은 것 같았다.

눈에서 새파란 안광이 뿜어지고 있는데 만약 누군가 그녀를 본다면 의심할 것이 분명하다.

[종초야, 정신 차려라.]

그러나 연종초는 화운룡의 이어전성을 듣지 못하고 연파란만 쏘아보고 있다.

만약 지금이라도 연파란이나 연분홍, 연조음이 그녀를 본다면 결코 그냥 넘어가지 않을 것이다. 설사 그녀가 말객으로 변신을 했더라도 말이다.

[종초야!]

화운룡이 다시 한번 이어전성으로 소리치자 비로소 연종초가 정신을 차리고 그를 쳐다보았다.

[정신 차려라.]

그녀가 물었다.

[어쩌실 건가요?]

[지금은 아니다.]

[지금이 아니면 기회가 없어요.]

[모두 황궁에 있는 것을 확인했으니까 나중에 잠입해서 죽이면 된다. 그러니까 지금은 참아라.]

연종초는 아무 말도 하지 않고 연파란을 쏘아보다가 다시 화운룡을 보았다.

[서방님, 지금 죽이면 안 될까요? 참을 수가 없어요.]

[지금 저들을 급습하더라도 죽인다는 확신이 없다. 더구나 공격할 수 있는 기회는 단 한 번뿐이다.]

연종초는 연설을 시작한 연파란에게서 시선을 거두지 않았다.

[단 한 번의 공격으로 저들 세 명을 한꺼번에 죽일 수 있겠느냐? 그리고 나서 우리는 탈출해야 하는데 천 명의 흑천성군 포위망에서 벗어나는 것은 불가능하다.]

연종초가 화운룡을 쳐다보았다.

[그래도 공격하겠다면 하자.]

연파란을 비롯한 세 명을 급습하면 성공할 가능성은 희박

하지만 죽을 확률은 매우 높다.

그런데도 화운룡은 연종초가 공격하겠다고 한다면 따르겠다고 한다. 말하자면 연종초를 위해서라면 기꺼이 목숨을 내놓겠다는 뜻이다.

그것을 모를 리 없는 연종초는 갑자기 울컥하고 감동이 치밀어 올랐다.

아까까지만 해도 연종초는 복수라든가 천신국을 바로잡는 일보다는 화운룡과 함께 죽을 때까지 백년해로하는 것이 지상최고의 목표이며 행복이라고 생각했다.

그랬는데 연파란 등을 보는 순간 복수심 때문에 눈이 뒤집혀서 잠시 아무 생각도 나지 않았다.

한데 화운룡이 연종초의 복수를 위해서라면 기꺼이 죽을 수도 있다는 말에 그녀는 정신이 번쩍 들었다.

연종초는 눈물이 솟구치려는 것을 간신히 참으면서 이어전성을 보냈다.

[참을래요, 서방님. 세상천지에 서방님보다 더 소중한 존재는 어디에도 없어요.]

[장하다, 우리 종초.]

그 칭찬 한마디면 족하다. 더구나 연종초는 화운룡이 정말 장하다면서 손으로 자신의 궁둥이를 두드려 주는 듯한 느낌마저 들었다.

연종초가 마음을 고쳐먹고 나서 연파란 등을 보니까 조금 전에는 보지 못했던 것을 보게 되었다.

그것은 연파란의 귀밑머리가 은은하게 황금색을 띠고 있다는 사실이다.

'설마 천금성력(天金聖力)을……'

연신가 최고절학이 천금성력이다. 그러나 연신가가 생긴 이래 어느 누구도 이루지 못했다는 말이 있었다.

지금까지 연신가 최고절학은 삼천검이라고 줄여서 부르는 천신천세천극검이었다.

천신국이나 연신가 사람들은 오로지 여황만이 삼천검을 배울 수 있다고 알고 있다.

그런데 실제로는 연조음도 익혔다. 지난번에 용황락에서 연종초는 방심하고 있다가 연조음이 전개한 삼천검에 중상을 입은 적이 있었다.

연조음이 삼천검을 그 정도로 연마하려면 최소한 삼십 년 이상의 세월이 필요하다. 연종초도 미래에서 오십여 년 동안 삼천검을 연마했었다.

연종초는 삼천검이 연신가의 최고절학이라고 알고 있었다. 왜냐하면 천금성력이 말로만 전해질 뿐이지 실제로는 존재하지 않는 전설상의 절학이라고 알고 있었기 때문이다.

전설에 의하면 천금성력을 칠 성 이상 터득하면 귀밑머리가 금색으로 변하고 십 성까지 터득하면 눈이 금색을 띤다고 전해진다.

연파란의 귀밑머리가 금색을 띠고 있는 것은 결코 우연이라고 할 수 없다.

그것은 그녀가 천금성력을 칠 성까지 연마했다는 움직일 수 없는 증거다.

[서방님…….]

화운룡은 연종초의 안색이 심상치 않다고 생각했다.

[연파란은 연신가 최고절학인 천금성력을 익혔어요.]

연종초는 천금성력이 무엇인지에 대해서 설명했다.

연파란의 격려사가 길어지고 있으며 내용은 격려가 아니라 중원 정벌 이후에 그 땅에 고구려 대제국을 어떻게 건설할 것인지에 대한 것으로 변했다.

화운룡은 연종초의 말이 맞는다면 천금성력은 필경 도리천의 무공일 것이라고 짐작, 아니, 확신했다.

화운룡이 알고 있는 바에 의하면 전설상 최고의 절학이라고 하는 것은 모조리 도리천에서 나왔다.

화운룡의 무극사신공이 그렇고 여의칠천도 그러며 연신가의 삼천검도 알고 보니까 도리천 것이었다.

그렇다면 연파란이 연성했을 것으로 확신하는 천금성력 역시 도리천의 절학일 가능성이 높다.

아마도 칠백여 년 전에 도리천에 들어갔다가 배신한 연진외가 도리천에서 배웠다가 연신가에 전했을 것이다.

'혹시……'

화운룡은 연파란을 주시하고 있다가 문득 한 가지 생각을 떠올렸다.

그는 지그시 어금니를 악물었다.

'해보자.'

그는 연파란의 머릿속을 들여다보기로 마음먹었다.

그녀가 천금성력을 연마했는지 아닌지는 그녀의 머릿속을 읽어보면 간단한 것이다.

심심상인을 가일층 발전시켜서 거기에 심지공을 더한 것이 해령경력이다.

지금껏 해령경력은 한 번도 실패한 적이 없으며 한 번도 들킨 적이 없었다.

연파란이 제아무리 뛰어나다고 해도 신이 아닌 이상 해령경력을 눈치채지는 못할 것이라는 게 화운룡의 확신이다.

연종초는 화운룡이 연파란을 주시하는 것을 보고 뭔가를 느꼈는지 조심스럽게 물었다.

[서방님, 무엇을 하시려는 건가요?]

[연파란의 머릿속을 읽으려고 한다.]

연종초의 눈이 커졌다.

[위험하지 않을까요?]

[해령경력은 실패한 적이 없으니까 염려하지 마라.]

말은 그렇게 했지만 화운룡도 내심 실패하지 않을까 약간 염려하고 있다.

연파란이라는 인물이 그 정도로 굉장하다는 것을 인정하기 때문이다.

그는 근 팔백 년에 가까운 전 공력을 끌어 올려 해령경력으로 바꾸고는 아주 태연하게 슬쩍 연파란에게 날렸다.

그런데 연설을 하던 연파란이 갑자기 말을 중단했다.

"……!"

화운룡은 순간적으로 해령경력을 거둘 것인가 놔둘 것인가 갈등했다.

연파란이 태연한 눈빛으로 돌계단 아래에 도열해 있는 관리들을 죽 훑어보았다.

그러는 사이에 해령경력이 그녀의 머릿속으로 침투하여 읽기 시작했다.

'바람이었나?'

연파란이 그렇게 생각하고 있었다.

해령경력이 그녀의 머리를 뚫고 스며드는 느낌을 감지하다니 과연 연파란이다.

그러나 그것을 살랑거리는 미풍 정도로 생각한 것은 천만

다행한 일이다.

연파란은 연설을 계속했다.

화운룡은 해령경력으로 연파란의 머릿속을 탐험하듯이 이리저리 누볐다.

"그리하여 우리 대환국은 중원을 발판으로 삼아서… 분홍이를 먼저 중원으로 보내야겠군. 음?"

그런데 갑자기 예상하지 못했던 일이 일어났다. 연파란의 말이 꼬였다.

인간의 두뇌는 한꺼번에 몇 가지 생각을 할 수 있으며 그중에 하나를 말로 꺼낼 수가 있는데 그녀는 연설하려던 내용과 나중에 어떻게 해야겠다는 생각이 뒤섞여 버린 것이다. 이것은 그녀로서는 절대로 있을 수 없는 일이다.

화운룡은 연파란의 머릿속에서 매우 중요한 내용을 끄집어내고 있는 중이라서 그녀의 연설이 꼬였다는 사실을 미처 깨닫지 못했다.

연종초는 연파란의 갑작스러운 이상한 행동이 화운룡 때문일 것이라고 직감하고 급히 그를 쳐다보았다.

그리고 화운룡이 매우 진지한 표정으로 뚫어지게 연파란을 주시하고 있는 것을 발견했다.

[서방님! 위험해요!]

"……!"

화운룡이 퍼뜩 정신을 차리는 순간 연파란이 막 그를 쳐다 보려고 하는 중이다.

그는 급히 해령경력을 거두면서 눈을 내리깔고 차분하게 고개를 숙였다.

고개를 숙이고 있으므로 연파란이 무엇을 하는지 알 수 없지만 아마도 도열한 사람들을 한 명씩 꿰뚫듯이 살펴보고 있을 것이다.

그래 봐야 소용이 없다. 해령경력은 이미 거두었으므로 강물에 배 지나간 자리 같은 흔적만으로 연파란이 화운룡을 찾아낼 수 있을 리가 없다.

"너."

연파란이 예의 나직하면서도 카랑카랑한 목소리로 누군가를 불렀다.

"거기 너, 말객. 나를 봐라."

화운룡은 설마 자신일 것이라고는 추호도 생각하지 않고 있다가 '말객'이라는 말에 움찔하고는 느릿하게 고개를 들어 연파란을 쳐다보았다.

"……."

그런데 연파란이 쳐다보고 있는 사람이 바로 화운룡이다.

[부복해요.]

연종초의 이어전성이 고막을 울리는 것과 동시에 화운룡은 펄쩍 뛰어올랐다가 바닥에 처박히듯이 부복했다.

"폐하……."

연기를 잘해야 한다는 생각을 하면서 그는 최대한 공손한 목소리로 입을 열었다.

연파란이 화운룡을 지목하여 '말객'이라고 부른 것은 그가 말객의 복장을 했기 때문이지 그를 개인적으로 알고 있어서가 아닐 것이다.

화운룡은 자신을 일개 말객으로 보이기 위해서 최대한 납작하게 만들어 부복하고는 짐짓 몸을 부들부들 떨기까지 했다.

잠시 침묵이 흘렀다. 괴괴한 고독감과 귓가에 사아아… 하는 바람 소리가 들렸다.

그래서 예전에는 이런 적막감을 한 번도 느껴본 적이 없다는 생각이 들었다.

그리고 아주 잠깐, 만약 일이 잘못된다면 어떻게 해야 하는가, 라는 생각이 들었다.

일이 잘못된다면 화운룡과 연종초는 절대로 이곳에서 빠져나가지 못할 것이다.

아니, 화운룡 혼자라면 은형인을 전개하여 탈출할 수도 있겠지만 연종초하고 두 명은 곤란해진다. 모습이 보이지 않는다고 해도 상대는 연파란이다.

그때 화운룡의 머리 위로 연파란의 조용한 목소리가 차돌처럼 뚝 떨어졌다.

"이름이 무엇이냐?"

허리를 굽히고 있는 연종초와 연도인의 안색이 해쓱하게 변했다. 화운룡과 연종초는 자신들이 변신한 말객의 이름을 모르고 있기 때문이다.

부복한 화운룡이 차분한 목소리로 대답했다.

"연가복(淵家福)입니다."

화운룡은 아까 천초후가 연도인에 이어서 말객 두 사람의 이름을 호명할 때 다행히 그것을 외워두었다.

"흠, 연가(淵家) 사람이냐?"

고구려에서 '연(淵)'씨는 최고위층 귀족에 속했다. 고구려 황제와 대대로를 수두룩하게 배출했으며 연개소문(淵蓋蘇文)도 그중에 한 사람이었다.

그런데 연파란이 화운룡더러 '연가 사람'이냐고 물었다. 그게 무슨 뜻인지 화운룡이 알 리가 없다.

막다른 궁지에 몰린 연종초는 때를 봐서 연파란을 급습해야겠다고 마음먹었고 연도인은 머릿속이 하얘져서 아무 생각도 나지 않았다.

그런데 화운룡이 조금 떨리는 목소리로 공손히 대답했다.

"그렇습니다. 연신가 제육십오대 제자입니다."

연가 중에서도 극소수의 인물이 연신가에 들어갈 수 있으며 그것은 종종 낙타가 바늘구멍으로 들어가는 것과 비교되기도 할 만큼 어려운 일이다.

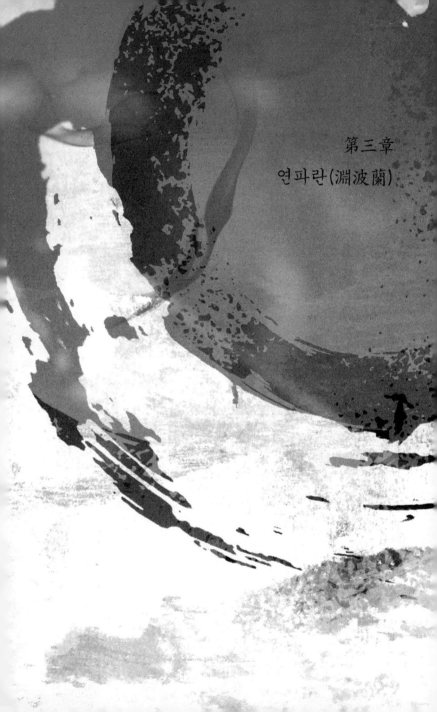

第三章
연파란(淵波蘭)

연파란이 나직한 감탄을 흘렸다.

"호오… 그렇더냐?"

연파란은 연신가에 대단한 자긍심과 애정을 지니고 있다.

"이리 가까이 오너라."

그녀는 손가락 끝을 까딱거리며 화운룡을 불렀다.

화운룡이 대답을 할 수 있었던 이유는 급히 해령경력을 발휘하여 연도인의 머릿속을 읽었기 때문이다.

화운룡이 연파란의 부름을 받자 연종초와 연도인은 움찔가볍게 놀랐다.

화운룡은 부름을 받자마자 즉시 앞으로 걸어 나가서 계단을 올라갔다.

연파란은 세 번째 칸 계단 위에 서 있으며, 화운룡이 두 번째 칸 계단 위에 이르자 천초후가 제지했다.

"멈춰라."

화운룡이 그 자리에 부복하자 연파란이 물었다.

"네 아비가 누구냐?"

그 물음에 연도인은 즉시 말객 연가복의 부친을 떠올렸으며 화운룡이 그것을 읽었다.

"연남춘(淵南春)입니다."

연파란이 눈을 크게 떴다.

"연호군(淵虎君)의 아들 연남춘 말이냐?"

"그렇습니다."

"호오… 네가 연호군의 손자였다니 이런 우연한 일이 있나."

연파란은 격려사를 하던 도중이라는 사실을 잊었는지 화운룡을 향해 한 손을 뻗었다.

"이리 올라와라. 너는 나하고 혈족(血族)이다."

화운룡은 연도인의 머릿속을 읽고 말객 연가복의 조상이 연개소문이라는 사실을 알게 되었다.

연개소문은 옛 고구려의 대막리지(大莫離支)인데 왕 이상의 무소불위 권력을 휘둘렀다.

그 당시 중원에는 수나라가 있었으며 몇 차례의 고구려 정벌을 시도했으나 그때마다 대패하여 결국 멸망에 이르고 이어서 당나라가 건국되었다.

당나라 역시 고구려를 눈엣가시처럼 여겨서 전쟁을 시작했으며 연개소문은 한 치도 물러서지 않고 싸우다가 결국 죽었고 고구려는 멸망했다.

연파란과 연가복은 바로 그 연개소문의 후손인 것이다.

화운룡은 연파란이 서 있는 계단 꼭대기에 올라가서 부복하려고 무릎을 구부렸으나 무형의 잠력이 무릎을 굽히지 못하게 방해했다.

연파란이 무형의 잠력을 발휘한 것이지만 화운룡은 짐짓 못 이기는 체했다.

화운룡이 짐짓 놀라는 표정으로 쳐다보자 연파란이 빙그레 미소를 지었다.

"너는 부복하지 않아도 된다. 네 조부 연호군은 충성스러운 수하였다."

"할아버지를 아십니까?"

화운룡은 연파란이 미래에서 왔다는 사실을 모르고 있는 것처럼 물었다.

연파란의 미소가 조금 더 짙어졌다.

"알다마다. 연호군이 죽었을 때 내가 직접 그의 장례를 주관했었다."

장례를 주관했을 정도라면 연파란이 연호군을 무척 신임했다는 뜻이다.

"너는 잠시 기다려라."

연파란은 무형의 잠력으로 화운룡을 자신의 옆으로 슬쩍 밀어내고 나서 다시 격려사를 시작했다.

화운룡은 시립한 듯한 자세로 조심스럽게 주위를 살폈다. 연파란 뒤에 나란히 서 있는 두 여자가 그를 쳐다보는데 차갑게 굳은 얼굴이다.

그걸 보면 그녀들은 화운룡, 아니, 말객 연가복이라는 존재를 달갑게 여기지 않는 것 같았다.

하기야 연호군은 연파란과 비슷한 나이니까 동료애 같은 것이 깊었을 터이다.

화운룡은 두 여자 중에서 연조음을 알고 있다. 그녀가 용황락에서 연종초를 공격하는 것을 불과 몇 장 거리에서 직접 목격했었다.

그러나 연조음은 화운룡이 말객으로 변신하여 자신의 옆에 서 있을 것이라고는 추호도 상상하지 못할 것이다.

화운룡은 슬며시 계단 아래를 내려다보았다. 저 아래에 말객의 모습을 하고 있는 연종초와 연도인이 걱정스러운 얼굴로 그를 바라보고 있었다.

그러나 화운룡은 연종초에게 이어전성을 보내서 안심시키지 않았다.

연파란이 상상할 수 없을 정도의 초극고수라면 이어전성마저도 감지할 수 있을지 모른다.

연파란은 누가 보더라도 대강대강 격려사를 끝내려는 기색이 역력하게 연설을 마쳤다.

"연가복이라고 했느냐?"

"네, 폐하."

"가자. 너와 좀 더 얘기를 하고 싶구나."

다행히 화운룡이 그곳을 떠날 때까지 연종초는 그에게 이어전성을 하지 않았다.

상황이 예기치 않게 흘러가고 있다.

연파란은 연가복의 직속 상전인 연도인과 동료 절묘대(節妙待)까지 불러서 같이 점심 식사를 했다.

화운룡으로서는 연종초가 눈에 보이는 곳에 있으므로 걱정하지 않아도 좋았다.

그런데 여황의 식사에 연분홍과 연조음도 함께했다.

연파란은 화운룡을 자신의 옆에 앉도록 했으며 다른 것은 신경 쓰지 않았다.

그래서 연종초와 연도인은 나란히 앉아서 연조음, 연분홍과 마주 보게 되었다.

　한 가지 더 다행인 일은 연파란이나 연분홍, 연조음이 연종
초와 연도인에게는 관심이 전혀 없다는 사실이다.

　그래서 두 사람은 묵묵히 식사를 하며 온 신경을 화운룡과
연파란에게 집중했다.

　"몇 살이냐?"

　"서른둘입니다."

　"새파란 나이로구나."

　대화 내용이 부드러워졌다.

　화운룡은 조금 용기를 내보았다.

　"폐하께선 춘추가 몇이십니까?"

　그 말에 연종초와 연도인, 연분홍과 연조음까지 움찔 놀라
서 화운룡을 쳐다보았다.

　그러나 연파란은 전혀 개의치 않고 외려 나이를 물어봐 주
어서 좋다는 표정을 지었다.

　"몇 살로 보이느냐?"

　화운룡은 보이는 대로 대답했다.

　"이십 대 초반으로 보입니다."

　연파란이 고개를 젖히고 목젖이 보이도록 명랑하게 웃었다.

　"아하하하! 이십 대 초반이라는 말이지?"

　그녀는 기분이 꽤 좋아진 것 같았다. 그래서인지 조금 무리

를 했다.

"너는 혼인을 했느냐?"

"아직 미혼입니다."

"호오… 어째서 혼인을 하지 않았느냐?"

천신국은 조혼을 하는 풍습이 있어서 여자는 십사오 세, 남자는 이십 세 전에 대부분 혼인을 한다.

그러므로 화운룡, 아니, 연가복의 나이라면 열 살 이상 먹은 자식이 있어야 마땅하다.

더구나 연가복은 짧은 수염을 기르고 단단하면서도 강파른 용모라서 매우 호감형이다.

그렇기에 그가 아직 혼인을 하지 않았다는 사실은 충분히 이상한 일이다.

화운룡은 공손히 대답했다.

"혼인할 시기를 놓쳤습니다."

"무엇을 하느라 놓쳤느냐?"

"나라의 녹을 먹는 자로서 혼인을 하여 아내와 자식들이 생기면 맡은 일에 소홀할 수 있기에 일부러 혼인에는 관심을 두지 않았습니다."

"호오오……."

연파란은 조금 더 강하게 감탄하면서 연도인에게 물었다.

"그의 말이 맞느냐?"

화운룡은 없는 일을 만들지 않았다. 연도인의 기억을 읽으니까 연가복이라는 말객이 정말로 그랬었기에 그대로 대답한 것이다.

연도인은 더없이 공손한 자세를 취했다.

"그는 매사에 타의 귀감이 될 뿐만 아니라 맡은 바 책무를 항상 완벽하게 해결하며 어느 누구보다 일찍 출근하여 어느 누구보다 늦게 퇴근하는 일꾼입니다."

"가복의 무공은 어떠냐?"

"수십 명의 말객들 중에서 단연 으뜸이고 속하와 백 합을 겨룰 정도입니다."

"저런……."

연가복보다 훨씬 어려 보이는 연파란은 영락없는 노인네처럼 행동했다. 나이를 속이지 못하는 것이다.

연파란은 눈을 게슴츠레 반개하여 화운룡을 쳐다보았다.

"가복아."

"말씀하십시오."

연파란은 연가복이 남 같지 않은 모양이다.

"이제 혼인하거라."

화운룡은 씁쓸한 표정을 지었다.

"여자가 없습니다."

"너처럼 훌륭한 남편감에게 여자가 없다는 것이 말이 되느냐? 너희는 그렇다고 생각하지 않느냐?"

연파란은 느닷없이 연분홍과 연조음에게 물었다.

연분홍과 연조음은 모친이 이런 식으로 행동하는 것을 생전 처음 보았다.

연파란은 엄격하고 도도하며 우아한 천성이지 지금처럼 자상한 모습을 보인 적이 없었다.

"폐하 말씀이 맞습니다."

"폐하께서 중신을 서보십시오."

연파란은 명랑한 웃음을 터뜨렸다.

"아하하하! 나더러 중신을 서라는 말이냐?

점심 식사 자리에서의 이런 화기애애한 광경은 평범한 가정에서나 볼 수 있는 일이다.

연파란이 화운룡에게 넌지시 물었다.

"그래, 너는 어떤 여자가 좋으냐?"

이 대목에서 모두 화운룡을 주시했다. 특히 연종초는 눈을 빛내며 화운룡이 어떻게 대답하는지 지켜보았다.

화운룡은 두 손을 앞에 모으고 고개를 숙이며 최대한 공손하게 대답했다.

"외람되오나 폐하 같은 여자라면 지금 당장에라도 혼인하고 싶습니다."

순간 좌중의 분위기가 쑤욱 가라앉았다. 모두의 안색이 급

변했으며 특히 연분홍과 연조음의 눈에서는 새파란 안광이
쏟아져 나왔다.

연파란이 착 가라앉은 목소리로 물었다.

"어째서 내가 좋으냐?"

화운룡은 엄숙하리만치 진지하게 입을 열었다.

"폐하께선 첫째, 눈이 부실 정도로 아름다우십니다. 둘째,
앞뒤 가리지 않고 덥석 안고 싶을 만큼 아름다우십니다. 셋
째, 죽을 때까지 사랑하고 싶을 정도로 아름다우십니다. 넷
째, 무조건 아름다우십니다."

다들 어이없는 표정을 짓는데 연파란은 바늘로 콧등을 찔
린 것 같은 얼굴이 됐다.

그런데도 화운룡은 거기에서 그치지 않고 한 걸음 더 나갔
다.

"저는 어째서 폐하가 좋으냐는 하문에 백 가지 이유를 더
말씀드릴 수 있습니다."

연분홍과 연조음 얼굴이 싸늘하게 변하고 연종초와 연도인
마저도 씁쓸한 표정을 지었다.

화운룡은 다 그린 용의 그림에 눈동자를 찍었다.

"분명히 말씀드릴 것이 있습니다."

"무엇이냐?"

"저는 태어나서 단 한 번도 거짓말을 해본 적이 없습니다.

특히 아첨은 병적으로 경멸합니다."

자신이 한 말은 거짓말이 아니며 아첨은 더더욱 아니라는 뜻이다.

화운룡은 연파란의 엄숙한 얼굴이 점차 풀어지더니 입가에 만족한 미소가 퍼지는 것을 보았다.

"나는 태어나서 이런 찬사를 처음 받아보았다."

화운룡은 아무 말도 하지 않고 가만히 있었다.

"살아오면서 이날까지 어느 누구도 날 아름답다고 말해준 적이 없었다."

어찌 보면 매우 유치한 내용의 말일 수도 있는데 말하는 사람이나 듣는 사람 아무도 그런 표정을 짓지 않았다. 다들 그것을 공감하기 때문이다.

사실 화운룡이 한 말은 반은 진실이고 반은 아첨이다. 이런 식으로 훅! 치고 들어와서 연파란의 경계심을 흩뜨리려는 계산이다.

또한 연파란과 연종초는 빼다 박은 것처럼 닮았기에 절대미모를 지녔다는 말은 과찬이 아닌 것이다.

연분홍과 연조음도 아름답기는 하지만 연종초와 연파란 정도는 아니다.

화운룡은 연파란이 어떤 파격적인 결정을 내려주기를 바라고 있다.

그래서 자신이 연파란의 측근에 머물게 되면 그녀를 비롯하여 연분홍과 연조음을 죽일 수 있는 기회가 더 빠르게, 그리고 완벽하게 찾아올 것이라고 기대했다.

지금 연파란과 연분홍, 연조음 세 여자가 한자리에 모여 있어서 화운룡은 그녀들을 한꺼번에 죽일 기회를 노리고 있지만 결코 쉽지가 않다.

화운룡이 급습 기회를 잡아서 연파란을 공격하면 연종초와 연도인이 연분홍과 연조음을 상대해야 하는데 그건 말도 안 되는 일이다.

연도인은 그저 특급 일류고수 정도의 수준일 뿐이라서 연분홍과 연조음의 일초지적도 못 된다. 그러므로 그는 전혀 도움이 되지 않는다.

연파란이 흐뭇한 미소를 지으며 화운룡을 바라보았다.

"가복아."

"말씀하십시오. 폐하."

"너 내 전령(傳令)이 돼라."

지금껏 전령이라는 지위는 없었는데 방금 연파란이 새로 만들었다.

화운룡은 즉시 부복했다.

"폐하의 명을 받듭니다."

＊　　　　＊　　　　＊

화운룡과 연종초는 연도인과 함께 그의 장원으로 돌아왔다.

연종초는 돌아오는 내내 어두운 표정을 짓고 있었다.

그러더니 장원에 거의 다 와서야 화운룡에게 몹시 궁금한 표정으로 물었다.

[서방님, 연파란이 정말 그렇게 아름다워요?]

화운룡은 연종초가 그것 때문에 내내 어두운 표정이었을 줄은 꿈에도 몰랐었다. 그는 '어?' 하는 표정을 지었다가 빙그레 미소 지었다.

[종초 널 생각하면서 그렇게 말한 거야.]

[어째서 그러셨죠?]

두 사람은 앞선 연도인 뒤에서 나란히 가며 대화했다.

[너하고 연파란의 외모가 닮았으니까, 그래서 너의 미모를 칭찬한 거야.]

[그… 러셨어요?]

[오냐.]

그제야 연종초는 배시시 웃으면서 화운룡의 팔을 가슴에 꼭 안았다.

진짜 연가복과 절묘대는 화운룡의 말을 전해 듣고는 소스라치게 놀라 얼굴이 사색이 되었다.

"아… 그럼 앞으로 저희는 어떻게 합니까?"

특히 연파란의 전령이 된 실제 인물 연가복은 입에 거품을 물 정도로 혼비백산했다.

"저는 천황의 전령 같은 것 절대로 못 합니다……!"

본모습으로 돌아온 화운룡이 연가복을 안심시켰다.

"너는 쉬고 있어라. 내가 전령을 할 테니까."

"얼마나 쉬고 있어야 합니까?"

연도인과 연가복, 절묘대는 화운룡이 천황을 비롯하여 연분홍과 연조음을 죽이기 위해서 천신국에 왔다는 사실을 잘 알고 있다.

하지만 그 계획이 성공할 가능성은 채 일 할도 되지 않을 것이라고 생각했다.

그러면서도 여황 연종초에 대한 우직한 충성심만으로 목숨 걸고 돕는 것이다.

화운룡은 느긋하게 대답했다.

"오래 걸리지 않을 것이다."

이번에는 연도인이 조심스럽게 물었다.

"계획이 있으십니까?"

화운룡이 시종일관 여유 있는 모습은 그에게 완벽한 계획이 있는 것처럼 보였다.

"차차 계획을 세워야지."

아직 계획을 세우지 않았다는 말에 놀라지 않는 사람은 옥봉과 항아, 연종초뿐이다.

화운룡은 세 명의 부인과 휴식을 취하면서 대화를 나누다가 저녁 식사를 하기 위해서 식당에 모였다.

여황인 연종초와 동석을 하게 된 연도인과 연가복, 절묘대는 황송해서 죽을 지경이다.

연도인이 죽기를 각오하고 연종초에게 공손히 물었다.

"폐하, 혼인하셨습니까?"

그렇게 묻고는 황송하고 죄스러워서 의자에서 일어나 급히 바닥에 부복했다.

"죄송합니다, 폐하. 하지만 알아야겠기에……."

연종초는 가볍게 고개를 끄떡였다.

"괜찮다. 일어나서 자리에 앉아라."

연종초는 화운룡의 잔에 두 손으로 매우 공손히 술을 따르고 나서 연도인 등을 둘러보며 차분히 말했다.

"나는 이분의 아내가 되었다."

이어서 옥봉과 항아를 가리켰다.

"이분들은 언니들이시다. 이분이 대부인이시고 이분이 이부인, 그리고 나는 삼부인이다."

"……."

연도인 등은 아무 말도 하지 못하고 만면에 대경실색한 표정만 지을 뿐이다.

여황이 혼인을 했다는 사실만으로도 놀랄 일이거늘 정실부인이 아니고 셋째 부인이라니 세 사람은 자신들의 귀를 의심하며 눈을 껌뻑거렸다.

그런데 연종초는 너무도 행복할 뿐만 아니라 자랑스럽다는 표정을 짓고 있지 않은가.

연도인은 기왕지사 불경을 저지른 김에 한 걸음 더 나갔다.

"외람되지만 이분은 누구십니까?"

연종초는 두 손으로 공손히 화운룡을 가리켰다.

"비룡공자이시다."

"아……."

중원과 천신국을 통틀어서 비룡공자보다 유명한 인물은 아마도 없을 것이다.

이 년여 전에 죽었는데 근래에 다시 부활하여 중원을 활보하면서 심상치 않은 행보를 보여주고 있다는 비룡공자가 바로 눈앞에 있는 헌앙한 이 청년이라고 한다.

더구나 비룡공자가 천신국 여황의 남편이라는 것이다.

연종초는 옥봉과 항아를 소개했다.

"이분께선 황천봉추(皇天鳳雛) 주옥봉이시고 이분은 항아라고 하신다."

"아……"

연도인은 황천봉추와 항아가 누군지 즉시 알아차리고 크게 놀랐으나 연가복과 절묘대는 눈을 깜빡거리면서 한동안 기억을 더듬다가 겨우 알아차렸다.

천신국의 대모달이나 말객이라는 지위는 상급 지휘관이기 때문에, 천신국은 물론이고 중원이나 주변국에 대해서 훤하게 외우고 있어야만 한다.

비룡공자의 첫째 부인이 옛 명나라 정현왕의 장중주인 황천봉추 주옥봉이고, 둘째 부인은 부상국 가마쿠라 막부 쇼군의 소공녀 항아, 그리고 셋째 부인이 천신국 여황이다.

비룡공자가 굉장한 존재인 것은 사실이지만 천하절색에다 하나같이 고귀한 신분인 세 명의 미녀를 어떻게 아내로 거느릴 수 있었던 것인지 입이 벌어질 수밖에 없는 일이다.

연도인과 연가복, 절묘대는 그저 감탄과 존경의 표정을 얼굴 가득 떠올리고 화운룡을 바라볼 뿐이다.

그때 화운룡이 불쑥 입을 열었다.

"흑천성군은 누가 지휘하는 것 같으냐?"

"처… 천초후일 겁니다."

화운룡은 뜻밖이라는 표정을 지었다.

"연조음이나 연분홍이 아니라 천초후라는 말이냐?"

"제 짐작이지만 맞을 겁니다."

연종초가 거들었다.

"흑천성군을 지휘하는 자는 천초후가 맞을 거예요. 연조음이나 연분홍은 그런 자질구레한 일은 하지 않아요."

"그래?"

화운룡은 혹시나 해서 흑천성군을 누가 지휘하는지 물었는데 천초후라고 하니까 문득 좋은 생각이 떠올랐다.

"천초후는 어디에 사느냐?"

"본신천초궁(本神天超宮)에 삽니다."

"됐다."

뭐가 됐다는 것인지 연도인과 연가복, 절묘대는 의아한 표정을 지었다.

그렇지만 옥봉과 항아, 연종초는 화운룡이 무엇을 하려는 것인지 대충 짐작했다.

"천초후 정도는 나 혼자서도 충분하다."

"안 돼요."

"절대로 서방님 혼자 보낼 수 없어요."

화운룡이 본신천초궁에 가서 천초후를 제압한다고 하니까 세 명의 부인들이 강력하게 반발하고 나섰다.

천초후의 심지를 제압하면 흑천성군에 대해서는 더 이상 염려하지 않아도 된다.

화운룡은 어이없는 표정을 지었다.

"내가 천초후보다 약하다고 생각하느냐?"

"그렇지는 않아요."

"그런데 어째서 나 혼자 못 보내겠다는 것이냐?"

"천초후가 아니라 본신천초궁이라는 곳이 용담호혈이기 때문이에요."

화운룡은 대수롭지 않다는 듯 손을 내저었다.

"은형인을 전개하면 괜찮다."

세 명의 부인은 흔들림 없이 강경일변도로 나갔다.

"위험해요. 절대로 보낼 수 없어요."

"류 니쨩이 잘못되면 우린 졸지에 과부가 되는 거예요."

"서방님, 본신천초궁에는 흑천성군이 우글거려요."

화운룡은 한숨을 내쉬었다.

"그럼 방법이 없는 것이냐?"

옥봉이 눈을 내리깔고 조그만 목소리로 말했다.

"전혀 없는 것은 아니에요."

"그게 뭐지?"

항아와 연종초가 화운룡의 양쪽 팔을 가슴에 꼭 안고는 어딘가로 이끌었다.

"일단 저희들을 따라오세요."

"뭐… 뭘 하려는 것이냐?"

"천첩들의 힘을 나누어드릴 거예요."

"그거……."

화운룡은 어이없는 표정을 지었다.

항아의 걸음이 점점 빨라졌다.

"그래야지만 안심하고 보내 드릴 수 있을 것 같아요."

"이것들이 정말……."

팔짱을 끼고 천천히 뒤따르는 옥봉이 여유 있는 목소리로
종알거렸다.

"가시지 못하든가 아니면 소녀들의 힘을 받아서 가시든가
마음대로 선택하세요."

화운룡은 걸음을 멈추고 무서운 표정을 지었다.

"너희들 정말……."

세 여자는 움찔했다.

"왜… 그러세요?"

"그, 그냥 가셔도 돼요."

"잘못했어요. 용공……."

화운룡은 양팔을 활짝 벌려서 옥봉과 항아, 연종초를 한꺼
번에 그러안고 방으로 향하며 콧김을 뿜어냈다.

"우후훔! 무슨 소리냐? 나는 무슨 일이 있어도 너희들의 힘

을 받아야만 하겠다."

[저깁니다.]

길 안내를 맡은 연도인이 대로의 어느 장원 담모퉁이에서 저만치의 거대한 장원을 가리키며 전음을 했다.

칠십여 장 먼 거리에서 봐도 대단한 규모의 궁전이다.

[돌아가라.]

화운룡이 전음을 하고 장원 쪽으로 가려는데 연도인이 염려스러운 표정으로 말했다.

[괜찮으시겠습니까?]

화운룡은 빙긋 미소 지었다.

[염려하지 마라.]

[여황 폐하와 같이 오셨더라면……]

화운룡은 여황 폐하는 물론이고 옥봉과 항아가 모든 공력을 화운룡에게 몰아주고는 서 있을 기력조차 없어서 침상에 누워 있다는 말은 차마 하지 못했다.

연도인은 대로 한가운데로 걸어가는 화운룡의 뒷모습을 보면서 저러면 금세 발각될 텐데 하고 염려했다.

"……?"

그런데 그때 갑자기 화운룡의 모습이 사라져 버렸다. 은형인을 전개한 것이다.

평소보다 늦게 귀가한 천초후는 늦은 저녁 식사를 겸해서 술을 마시고 있었다.

그는 세 명의 부인과 다섯 명의 첩이 있었는데 지난달에 새로 한 명의 어린 첩을 더 얻었다.

요즘 그는 세상 사는 맛이 이런 거라는 사실을 매일 실감하고 있는 중이다.

다름이 아니라 새로 얻은 회족 열여덟 살짜리 파릇파릇 싱싱한 계집 덕분이다.

어리고 뽀얀 계집 하나가 대체 뭐라고 하루 종일 그녀 생각이 머리에서 떠나지 않았다.

아니, 솔직히 말하자면 그녀의 싱싱한 몸뚱이가 눈앞에 삼삼한 것이다.

여북하면 황궁에서 천황 일족과 함께 있을 때에도 그녀 생각이 머리에서 떠나지 않아 이따금 곤욕을 치르기 일쑤였다.

지금도 천초후 연부중(淵副仲)은 새로 얻은 첩 회족 소녀와 단둘이서 저녁 식사 겸 술을 마시고 있는 중이다.

보파린(菩波呇)이라는 이름의 회족 소녀는 연부중의 맞은편도 아니고 옆도 아닌 그의 무릎에 앉아 있었다.

연부중은 한 손으로는 느긋하게 술을 마시면서 다른 손으로는 보파린의 몸뚱이를 희롱하느라 정신이 없다.

그런데 커다란 체구의 연부중 무릎에 앉아 있는 보파린은 그다지 행복한 얼굴이 아니다. 아니, 외려 괴로운 표정으로 알게 모르게 얼굴을 찡그리고 있었다.

그때 연부중이 갑자기 움찔 가볍게 몸을 떨었다.

그러더니 보파린을 번쩍 안고 일어나서 침상으로 성큼성큼 걸어갔다.

"허허헛! 오늘은 이만 자야겠구나⋯⋯!"

사실 지금 그의 언행은 화운룡의 지시에 따른 것이다. 심지가 제압되었기 때문이다.

연부중은 한 손으로 보파린의 엉덩이를 받쳐 안고는 침상으로 걸어가는데 흡사 거목에 매미 한 마리가 붙어 있는 모습이 저럴 것이다.

그런데 침상에 이른 연부중은 보파린을 침상에 조심스럽게 눕히고 나서 침상 가에 우두커니 섰다.

그의 앞에 서 있는 보이지 않는 화운룡이 전음으로 한 가지 명령을 내렸다.

＊   ＊   ＊

침상에 누워서 몸을 옹송그리고 있는 보파린은 화운룡이 혼혈을 눌러서 잠을 재웠다.

이어서 화운룡은 연부중에게 은형인의 구결을 전해주고 그대로 전개하라고 지시했다.

잠혼백령술에 심지가 제압된 연부중은 화운룡이 명령한 대로 은형인의 구결을 따라서 전개했다.

스스으으… 츠츠으으……

그런데 연부중의 모습이 이지러지고 흐릿해지기는 하지만 사라지진 않았다.

은형인을 완성하려면 오백 년 공력이 필요한데 화운룡이 보기에 연부중의 공력이 부족한 것 같았다.

화운룡은 허공을 격하여 연부중에게 공력을 주입했다.

스스으으……

그러자 곧 연부중의 모습이 사라졌다.

[가자.]

화운룡은 연부중의 팔을 잡고 방을 나섰다.

연도인의 장원에 도착한 화운룡은 연부중에게 은형인을 해제하라고 명령했다.

접객실에서 이제나 저제나 화운룡이 돌아오기를 기다리고 있던 연도인은 화운룡을 발견하고 반색했다.

"이제 오십니까?"

"음."

연도인은 고개를 끄떡이는 화운룡 뒤에서 따라오고 있는 연부중을 발견하고는 소스라치게 놀랐다.

"앗!"

연도인은 크게 당황하여 급히 외치면서 연부중을 공격했다.

"폐하! 천초후가 미행했습니다!"

위잉!

그러나 화운룡의 무형지기에 의해서 연도인의 장풍은 중도에서 사라졌다.

화운룡은 손을 저었다.

"내게 심지가 제압됐으니까 괜찮다."

화운룡은 연부중을 세워두고 세 명의 부인들이 자고 있는 침실로 갔다.

화운룡에게 공력을 모두 주고 평범한 상태가 된 세 여자는 침상에서 서로 꼭 안은 채 잠들어 있다.

화운룡은 이불을 걷고 세 여자의 통통한 엉덩이를 두드렸다.

철썩!

"일어나라."

항아가 그에게 두 팔을 뻗었다.

"아아… 힘이 없어요… 저희들과 사랑을 나누어서 공력을 돌려주세요."

연종초도 거들었다.

"서방님께서 그냥 공력을 돌려주실 때마다 공력이 감퇴하
는 것 같아요."

옥봉은 아무 말도 하지 않고 수줍은 얼굴로 눈을 내리깔고
있는데 입가에 묘한 미소가 떠올라 있다.

화운룡은 미처 보지 못한 옥봉의 그 미소는 '동생들, 잘하
고 있어'라는 의미를 내포하고 있었다.

화운룡은 두 팔을 약간 벌리면서 공력을 끌어 올려 세 여
자에게 돌려주고 몸을 돌렸다.

"천초후를 데려왔다. 어서 나와라."

순간 세 여자가 크게 놀라서 동시에 발딱 일어섰다.

"정말인가요?"

연종초는 눈앞에 서 있는 연부중을 쏘아보면서 잘근잘근
입술을 깨물었다.

"천초 이놈……!"

그녀는 연부중에게서 시선을 떼지 않은 채 화운룡에게 부
탁했다.

"서방님, 이놈 심지를 풀어주세요."

화운룡은 우두커니 서 있는 연부중의 무공을 폐지하고 잠

혼백령술을 풀어주었다.

"으으……."

그러자 연부중이 갑자기 쓰러질 듯이 비틀거렸다. 무공이
폐지됐기 때문이다.

겨우 몸을 지탱한 그는 앞에 서 있는 연종초를 발견하고는
소스라치게 놀랐다.

"허엇! 여… 여황 폐하……!"

그는 반사적으로 연종초에게 강기를 발출하려고 두 손바닥
을 모아서 뻗었으나 아무 일도 일어나지 않았다.

오히려 그는 중심을 잡지 못하고 뒤로 비척거리면서 물러나
다가 엉덩방아를 찧으며 주저앉았다.

연종초는 가소로운 듯이 그를 굽어보았다.

"연부중, 네놈이 나를 배신해?"

"으으으……."

어린 회족 첩 보파린과 저녁 식사 겸 술을 마시던 도중에
심지가 제압당했던 연부중은 이제야 제정신을 차리고는 지금
상황을 전혀 이해하지 못했다.

'흐으으… 이게 어떻게 된 일이라는 말이냐?'

그는 두리번거리다가 주위에 서 있는 화운룡과 옥봉, 항아,
이어서 연도인을 발견하고는 그에게 시선을 멈추었다.

"너… 연도인 아니냐?"

연도인은 고개를 끄떡였다.

"그렇소."

"이게 어떻게 된 일이냐? 어… 째서 여황 폐하께서 이곳에 계시는 것이냐?"

"당신에겐 대답할 의무만 있소."

"……."

연종초가 오른손을 뻗자 바닥에 퍼질러 앉아 있는 연부중의 육중한 몸이 그녀에게 빨려들었다.

콱!

"끅……."

그녀의 가늘고 섬세한 손이 연부중의 목을 움켜잡았다.

"너 같은 배신자는 목을 뽑아야 한다."

"끄으으… 폐하……."

연부중의 얼굴에 피가 몰려서 곧 터질 것처럼 부풀고 새빨개졌다.

화운룡은 연부중을 살려서 이용할 계획이지만 연종초가 그를 죽이려고 하는데도 말리지 않았다. 그녀의 심정을 이해하기 때문이다.

"끄으으……."

연부중은 숨을 쉬지 못해 극도로 괴로워서 온몸을 푸들푸들 격렬하게 떨어댔다.

그의 눈에 흰자위만 남고 몸의 떨림이 점차 약해지고 있을 때 연종초가 그의 목을 놓았다.

쿵!

연부중은 바닥에 떨어졌다가 몸을 부들부들 떨더니 잠시 후에 마구 기침을 해댔다.

화운룡은 연부중에게서 놀라운 사실을 두 개 알아냈다.

하나는 연분홍과 연조음이 오래전부터 연신가를 단련시켜서 무적의 가문으로 만들었다는 것이다.

그리고 또 하나는 연파란이 도리천을 급습해서 괴멸시키려는 계획을 꾸미고 있다고 한다.

칠백여 년 전에 도리천에 들어갔다가 그곳의 절학을 배우고 탈출했던 연진외는 연신가로 돌아와서 도리천의 절학만 가르친 것이 아니었다.

그는 후손들에게 도리천에 대해서 자세히 설명해 주는 것을 잊지 않았다.

실내에는 화운룡과 세 명의 부인, 그리고 연도인이 있으며 연부중은 바닥에 무릎이 꿇려 있다.

연부중이 제정신으로는 실토하지 않을 것 같아서 화운룡이 다시 심지를 제압했다.

항아가 초조한 얼굴로 화운룡을 바라보았다.

"어떻게 하죠?"

화운룡은 미간을 좁히고 깊은 생각에 잠겼다.

옥봉이 연부중에게 물었다.

"어떤 방법으로 도리천을 급습할 계획이냐?"

연부중이 공손하게 대답했다.

"연신고수들과 흑천성군 이천 명을 출정시켰습니다."

모두들 크게 놀랐다.

"이미 출정시켰다고?"

"맙소사… 이를 어쩌면 좋아?"

연종초가 급히 다그쳤다.

"그게 언제였느냐?"

"보름 전입니다."

"너는 도리천의 위치를 아느냐?"

"모릅니다."

"으음……."

연종초는 무거운 신음을 내뱉었다.

화운룡이 생각을 끝냈다.

"그런 건 몰라도 된다."

모두들 화운룡을 주시했다.

"율타와 해화를 불러라."

잠시 후에 율타와 해화가 오자 화운룡이 지시했다.

"지금 즉시 오란오달의 오해란룡방이라는 곳으로 가라."

이어서 그는 율타와 해화가 오해란룡방에 가서 해야 할 일을 알려주었다.

율타와 해화가 떠나고 나서 화운룡 일행은 머리를 맞대고 상의를 거듭했다.

화운룡은 말객 연가복으로 변신하고 황궁으로 향했다. 연파란의 전령으로서의 첫 출근이다.

그는 연가복에게 해령경력을 전개하여 그의 머릿속에 들어 있는 모든 지식을 이어받았으므로 연파란의 전령을 수행하는 데 하등의 지장이 없다.

천초후 연부중은 심지를 제압한 상태에서 돌려보냈다. 그는 멀쩡하게 일상생활을 할 것이며 필요할 때만 화운룡의 명령을 듣게 될 터이다.

그런데 화운룡은 출근을 하여 연파란에게 인사를 하러 가기도 전에 연조음과 연분홍의 부름을 받았다.

황궁 내의 어느 화려한 방에 연조음과 연분홍 자매는 나란히 앉아 차를 마시면서 삼 장 거리에 우뚝 서 있는 화운룡을 바라보았다.

"네가 할 일이 있다."

연조음이 건조한 목소리로 첫 말을 꺼냈다.

"말씀하십시오."

말객의 복장을 하고 있는 화운룡은 깍듯한 자세로 약간 허리를 굽혔다.

"천황께서 하시는 일을 우리에게 보고해야 한다."

화운룡이 의아한 표정을 짓자 연조음이 슬쩍 인상을 쓰면서 협박을 했다.

"살고 싶으면 그리해야 한다."

화운룡은 이쯤에서 못 이기는 체 굽혔다.

"천황 폐하의 일거수일투족을 모두 보고합니까?"

"아니다. 중요한 것만 보고하면 된다."

"어떤 일이 중요한 것인지 제가 어찌 알겠습니까?"

맞는 말이라서 연조음은 눈썹을 찡그리면서 잠시 생각하고 나서 대답했다.

"천황께서 어딜 가시거나 누굴 만나는 것만 보고해라."

"알겠습니다."

"이 일은 절대 발설해서는 안 된다."

"그러겠습니다."

화운룡은 문득 저 두 여자가 왜 그런 짓을 하는 것인지 조금 궁금해졌다.

그는 천 년 공력에 해당하는 해령경력을 발출하여 연조음의 심지를 제압하려고 시도했다.

"너……."

그때 연조음이 갑자기 화운룡을 쏘아보면서 인상을 쓰는 바람에 그는 즉시 해령경력을 거두었다.

"다시 말하지만 우리를 배신하면 너는 물론이고 너의 일족 모두 죽을 것이다. 알겠느냐?"

화운룡은 괜히 겁먹은 것이 씁쓸해서 다시 해령경력을 발휘하여 연조음의 심지를 제압하려고 했다.

"왜 대답이 없느냐?"

"알겠습니다."

그때 연조음의 눈빛이 가볍게 흔들리면서 들고 있던 찻잔이 기울어지며 찻물이 주르르 흘렀다.

연분홍이 미간을 찌푸리면서 연조음을 보았다.

"조음아, 왜 그러느냐?"

"언니… 나 이상해요……."

순간 연분홍이 날카롭게 화운룡을 쏘아보았다.

화운룡은 움찔했으나 태연을 가장했다.

"왜… 그러십니까?"

그는 내심 적잖이 놀랐다. 천 년 공력의 해령경력을 발휘했는데도 연조음의 심지를 단번에 제압하지 못했다는 사실이 믿어지지 않았다.

그는 공력을 천오백여 년으로 증진시켜서 보냈다. 옥봉과 항아, 연종초의 모든 공력을 그가 가졌으므로 족히 이천 년이 훨씬 넘는 공력을 지니고 있다.

연분홍이 벌떡 일어서더니 곧장 화운룡에게 걸어왔다.

화운룡은 짐짓 당황하는 표정을 지으면서 이어전성으로 연조음에게 지시했다.

[네 언니에게 괜찮으니까 돌아오라고 말해라.]

만약 연조음의 심지가 제압되지 않았다면 곤란한 상황이 전개될 것이다.

연분홍이 화운룡의 세 걸음 앞까지 다가왔을 때 연조음이 찻잔을 내려놓으면서 말했다.

"언니, 별일 아니에요. 와서 앉으세요."

연분홍은 걸음을 멈추고 연조음을 돌아보았다.

그녀가 뒤돌아보고 있는 사이에 화운룡은 그녀의 심지를 제압할 것인지 말지 짧게 갈등했다.

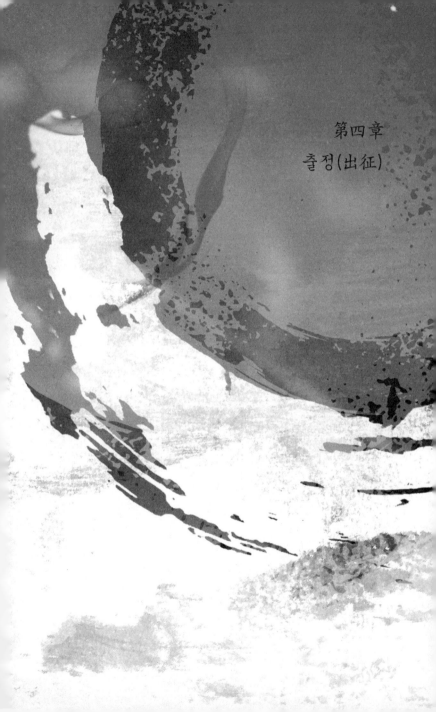

第四章

출정(出征)

　화운룡은 연분홍의 뒤통수를 주시하면서 강력한 해령경력을 뿜어냈다.

　그 순간 연분홍이 다시 화운룡을 홱 돌아보면서 인상을 와락 썼다.

　"네놈이 감히……."

　그녀는 무엇을 감지했는지 벼락같이 화운룡을 향해 오른손을 뻗다가 한순간 동작을 뚝 멈췄다.

　이어서 두 팔을 아래로 늘어뜨리더니 우두커니 서서 그를 바라보았다.

심지가 제압된 것이다. 하지만 천오백여 년 공력의 해령경력으로도 쉽지 않았다는 것은 그녀와 연조음이 결코 만만한 상대가 아니라는 뜻이다.

화운룡은 잠혼백령술에 제압된 연조음과 연분홍을 자리에 앉히고 자신은 그 앞에 섰다.

누가 불쑥 들어온다고 해도 자신이 그녀들 앞에 공손히 시립해 있는 것처럼 보이기 위해서다.

화운룡은 복잡하게 얽히고설킨 내용을 머릿속으로 잠시 정리한 후에 입을 열었다.

[연파란은 언제 미래에서 과거로 온 것이냐? 전음으로 연분홍이 대답해라.]

연분홍이 두 손을 앞에 모으고 공손히 대답했다.

[어머니께선 칠십 년 전에 과거로 오셨습니다.]

연종초는 칠십팔 세에 과거로 회귀했다. 그리고 그녀가 여덟 살 때 연파란이 죽었다.

아니, 죽음을 위장하고 과거로 회귀했으니까 칠십 년 전이라야 얘기가 맞는다.

화운룡은 연파란이 과거로 회귀한 세월이 매우 오래됐다는 사실에 적잖이 놀랐다.

사실은 연파란이 미래에서 장로들을 조종하다가 뒤늦게 과거로 왔을 것이라고 추측했었는데 그게 아니었다.

[그럼 연파란은 몇 번이나 미래에 다녀왔느냐?]

[한 번도 가신 적이 없습니다.]

[간 적이 없다고?]

[그렇습니다.]

화운룡은 연파란과 연분홍이 수시로 미래와 과거를 오가면서 오랜 세월 동안 일을 꾸몄을 것이라고 추측했었다. 그래야지만 얘기의 앞뒤가 맞아떨어지기 때문이다.

그런데 연파란은 칠십삼 년 전에 미래에서 과거로 온 이후 한 번도 미래에 다녀온 적이 없었다고 한다.

화운룡은 뭔가 짚이는 바가 있다.

[연파란이 두 명이냐?]

[무슨 말씀이신지 잘 모르겠습니다.]

연분홍은 애매한 표정을 짓지도 않고 덤덤하게 대답했다.

연종초의 우호법인 연본교는 과거로 회귀하기 전에 미래에서 연파란의 명령을 받았었다고 말했다.

그런데 연파란은 칠십삼 년 전에 과거로 회귀했으므로 연본교에게 명령 같은 것을 내릴 수가 없다.

그렇다면 방법은 하나, 미래에 연파란 역할을 할 분신이 있다는 것이다.

연파란은 분신에게 미래에서 해야 할 일을 지시해 놓고 과거로 회귀한 것이다.

그런 식으로 연종초와 연본교, 연조음이 자신들만의 임무를 갖고 과거로 온 것이다.

그런데도 연종초는 자신이 쌍념절통이라는 방법을 자신이 발견했으며 자신만 발휘할 수 있다고 믿었다.

[연파란은 미래로 갈 수 없느냐?]

[그렇습니다.]

[과거로 회귀할 수는 있는데 미래로 돌아가지는 못하는 것이냐?]

[그렇습니다.]

그랬던 것이다. 그래야지만 말이 된다. 인간이 신이 아닌데 어떻게 과거와 미래를 제멋대로 넘나든다는 말인가. 그런 것은 신의 영역이다. 인간이 미래에서 과거로 회귀할 수 있었던 것은 신의 영역을 살짝 훔쳤을 뿐이다.

[너희는 언제 과거로 왔느냐?]

연분홍이 대답했다.

[저는 이십일 년 전에 왔습니다.]

미래에서 연종초가 오십칠 세 때 태상호법이었던 연분홍이 죽었다고 했다.

그러니까 연분홍은 죽음을 가장하고 과거로 왔기 때문에 이십일 년 전이 맞다.

[연파란의 계획은 무엇이냐?]

[어머니께서는······.]

척!

그때 화운룡 뒤쪽의 문이 열리는 소리가 들리고는 뒤이어 귀에 익은 목소리가 이어졌다.

"가복아, 여기에서 무얼 하고 있는 게냐?"

'연파란!'

화운룡은 전혀 예기치 못했던 일에 움찔 놀랐다. 설마 연파란이 들이닥칠 줄은 몰랐었다.

'잠혼백령술을 풀어야 한다.'

다른 사람은 속일 수 있어도 연파란을 속이는 일은 위험하다고 판단했다.

"폐하."

"어인 일이십니까, 폐하."

연조음과 연분홍이 일어서는 것을 보면서 화운룡은 재빨리 해령경력을 발출하며 연파란 쪽으로 몸을 돌렸다.

그 순간 그는 연파란이 미미하게 눈을 빛내는 것을 발견하고 즉시 공력을 거두었다.

연파란 같은 초극고수라면 화운룡이 암암리에 공력을 전개하고 있는 사실을 즉각 간파할 수 있을 것이다.

연조음과 연분홍이 나란히 연파란에게 읍을 하고, 뒤이어 화운룡도 깊숙이 허리를 굽혔다.

"폐하."

이런 상황일수록 말을 많이 하는 것은 좋지 않다는 사실을 화운룡은 오랜 경험으로 알고 있다.

그는 허리를 굽힌 채 움직이지 않고 연파란이 어떻게 나올지 반응을 기다렸다.

연파란은 조금 전에 화운룡이 연조음과 연분홍에게 해령경력을 발휘한 것을 간파한 것이 분명하다.

한 번 일어났던 일을 없던 것으로 만들 수는 없다. 그러므로 화운룡이 지금 할 수 있는 일은 연파란이 그것을 착각으로 여기기를 기다리는 것뿐이다.

스읏…….

그런데 화운룡의 몸이 한쪽 방향으로 그의 의지와는 상관없이 움직였다.

그는 연파란을 향해 허리를 굽힌 자세로, 걸어가는 정도의 속도로 끌려가고 있다.

그가 짐짓 놀라는 얼굴로 쳐다보자 연파란은 뒷짐을 지고 있었는데, 그의 몸이 부딪칠 것처럼 그녀를 향해 두 발이 바닥에서 반 자쯤 뜬 채 날아가고 있다.

연파란은 조금 전에 화운룡이 해령경력을 발휘한 것을 감지한 것이 분명하고, 그것을 직접 확인하기 위해서 화운룡을 접인신공으로 끌어당기고 있는 것이다.

화운룡으로서는 너무 방심했다. 아니, 연파란이라는 존재를 과소평가했다.

그는 즉시 온몸의 공력을 흩어놓는 것과 동시에 그중에서 연종초의 공력만 찾아내려고 했다.

만약 연파란이 직접 화운룡의 손목을 잡고 공력의 유무와 종류를 확인하려 든다면 연신가의 독문무공으로 축적한 공력이 필요하다.

대모달 연도인이 오 갑자의 공력이므로 말객 연가복이라면 사 갑자를 약간 상회하는 공력 수준일 것이다.

'종초의 공력이 어느 것이냐……'

화운룡이 석 자 거리로 가까워지자 연파란이 그를 잡으려고 오른손을 내밀었다.

그런데도 화운룡은 아직 자신의 체내에서 연종초의 공력을 찾아내지도 못했다.

슥…….

연파란이 화운룡의 손목을 부드럽게 잡았다. 그러고는 약간의 진기를 주입했다.

그녀의 행동은 그의 무공수위와 공력의 종류에 대해서 알아보려고 하는 것이 분명하다.

그런데도 화운룡은 자신의 체내에 서로 엉켜 있는 네 종류의 공력 중에서 연종초의 것을 찾아내지도 못했다.

'이런 젠장…….'

마음이 급하니까 정신이 어수선해져서 자꾸 헷갈렸다.

화운룡은 연파란의 진기가 체내로 주입되는 것을 생생하게 느꼈다.

그녀로서는 화운룡의 체내를 검사한다는 사실을 일부러 감추려고 하지 않았고 그럴 필요가 없다.

화운룡은 연파란의 진기가 자신의 체내를 뒤지기 시작했는데도 당황하지 않고, 외려 더 냉철한 정신이 되어 곧 연종초의 공력을 찾아냈다.

그는 연종초의 공력 삼 성을 재빨리 단전에 우겨넣고는 다른 공력들을 흩어버렸다.

그와 동시에 연파란의 진기가 그의 단전을 감싸더니 측정하기 시작했다.

아니, 측정하고 자시고 할 것도 없이 연파란의 진기가 그 즉시 빠져나갔다.

그리고 그녀는 화운룡의 공력이 연신가의 것이며 사 갑자 반 이백칠십 년이라고 측정했다.

"너의 공력은 꽤나 정심하구나."

"어… 찌 아셨습니까?"

화운룡은 짐짓 어리숙하게 굴었다. 그러는 것이 연파란을 기쁘게 하기 때문이다.

연파란은 껄껄 웃었다.

"하하하! 인석아! 내가 누군데 그걸 모르겠느냐?"

화운룡은 굽실했다.

"천하에서 가장 아름다운 분이시죠."

"하하하! 인석이 예쁜 말만 하는구나!"

연파란이 그의 얼굴을 향해 손을 뻗었다.

그녀는 아담한 체구라서 키가 화운룡의 어깨에도 미치지 못하는데 손을 뻗으니까 손가락이 얼굴에 닿았다.

그때 연분홍이 엄한 목소리로 꾸짖었다.

"폐하께서 네 머리를 쓰다듬으시려는 것이다. 얼른 몸을 숙이지 않고 무얼 하는 게냐?"

화운룡은 깜짝 놀라서 급히 허리를 깊숙이 숙였다.

그러자 연파란이 그의 머리를 쓰다듬었다.

"가복아, 너는 정말 귀엽다."

연파란의 나이가 백 세가 훨씬 넘었을 테니까 화운룡을 귀엽다고 하는 것은 틀린 말이 아닌데 어쨌든 기분이 더러웠다.

'우라질!'

욕이 저절로 나왔지만 꾹 참았다.

연파란은 몸뚱이와 얼굴만 이십 대 초반이지 속은 할망구가 분명했다.

화운룡의 머리를 쓰다듬으면서 무슨 잔소리가 그리 많은지

인내심 많은 그로서도 짜증이 났다.

화운룡은 연조음과 연분홍의 심지를 제압해 놓고 풀어주지 않아서 께름칙했지만 어쩔 수가 없는 상황이다.

그는 조금 전에 두 여자의 잠혼백령술을 풀어주려고 시도했다가 연파란에게 도리어 변을 당할 뻔했기에 두 번 다시 시도하고 싶은 생각이 없다.

잠혼백령술에 제압되더라도 일상생활을 하는 데는 지장이 없으므로 지금으로썬 연파란이 그걸 감지하지 못하기를 바라는 것뿐이다.

장소를 옮겨서 화운룡 등은 연파란의 집무실로 왔다.

크고 푹신한 태사의에 연파란이 파묻히듯이 앉아 있으며 앞쪽 세 계단 아래에 연조음과 연분홍이, 그리고 맞은편에 천초후 연부중과 화운룡이 나란히 서 있다.

연파란이 화운룡을 턱으로 불렀다.

"가복이는 이리 가까이 와라."

화운룡이 계단 위로 올라가자 연파란이 손을 뻗어 그의 팔을 잡고 옆에 세웠다.

이것 하나만 봐도 연파란이 화운룡을 얼마나 신임, 아니, 귀여워하는지 알 수 있다.

화운룡을 귀여워하는 이유는 단 한 가지다. 그가 연파란의 미모를 침이 마르도록 칭찬한 덕분이다.

연파란이 천초후 연부중에게 물었다.

"출정 준비는 다 됐느냐?"

연부중은 공손히 허리를 굽혔다.

"만반의 준비를 끝내고 폐하의 하명만 기다리고 있습니다."

연파란은 잠시 고개를 까딱거리더니 다른 것을 물었다.

"종초는 어디에 있느냐?"

"종적이 묘연합니다."

"그러면 중원은 누가 통치하고 있느냐?"

"동초후입니다."

"동초후는 종초의 측근이냐?"

"그러합니다."

화운룡은 자신의 옆에 앉아 있는 연파란을 굽어보았다.

아름답기 짝이 없으며 우아함의 극치를 보여주고 있는 연파란의 외모는 웬만한 강심장이라도 범접하기 어려운 무형의 기운이 풍겼다.

'지금 연파란을 급습하면?'

화운룡은 그걸 고민, 아니, 갈등하고 있다. 그냥 하는 생각이 아니라 진지한 갈등이다.

연파란 하나만 죽이면 끝이다. 연조음과 연분홍, 천초후 연부중까지 심지를 제압했기 때문이다.

연파란을 죽이고 나면 아무런 문제가 없다. 도주나 흑천성군을 걱정하지 않아도 된다.

그러나 문제가 아예 없는 것은 아니다. 연파란이 얼마나 고강하느냐는 것이다.

만에 하나 연파란이 현재의 화운룡을 능가하는 초극의 고수라면 그녀를 급습하는 순간 모든 것이 끝나고 만다.

화운룡이 죽게 되는 것은 거의 기정사실이고, 그리되면 옥봉과 항아, 연종초 모두 죽는다고 봐야 한다. 남편인 화운룡의 죽음을 알게 된 그녀들이 절대로 물러나지 않을 것이기 때문이다.

*　　　　*　　　　*

연파란은 화운룡에게는 추호도 신경을 쓰지 않고 대화에만 집중하고 있다.

연가복이 배신을 하거나 연파란을 죽일 하등의 이유가 없으므로 믿는 것이다.

설혹 살심을 품었다고 해도 연가복 따위의 급습에 죽거나 부상을 입을 연파란이 아니다. 그러니까 의심이나 염려를 전혀 하지 않는 것이다.

연파란이 물었다.

"중원에 우리 세력이 얼마나 되느냐?"

연부중이 대답했다.

"원래는 중원에 나가 있는 본국 전체 세력의 사 할 정도가 우리 편이었으나 현재 빠른 속도로 와해되고 있습니다."

"뭐라?"

연파란은 눈썹을 찌푸렸다.

"중원에 나가 있는 네 명의 초후들이 우리 세력을 정확하게 골라내서 처단하고 있습니다."

연부중의 보고에 연파란은 기분이 조금 나빠졌다.

"우리 세력이라는 것을 놈들이 어떻게 알아낸 것이냐?"

"정확한 것은 모르겠습니다만 접수된 정보들을 종합해 보니까 배후에 비룡공자가 있는 것으로 드러났습니다."

"비룡공자?"

연파란의 얼굴이 구겨졌다.

"종초가 죽였다던 그 비룡공자 말이냐?"

"그렇습니다."

"그놈이 다시 살아난 것이냐?"

"여러 정황으로 미루어 볼 때 살아난 것 같습니다."

연파란은 얼굴을 찌푸렸다.

"그놈이 무엇 때문에 중원에 나가 있는 본국의 세력 중에서 우리 세력만 골라서 없앤다는 말이냐?"

"그것까지는 모르겠습니다."

연파란은 조금 신경질적으로 옆에 있는 조그만 탁자를 손바닥으로 두드렸다.

"비룡공자가 중원에 있는 본국의 세력을 공격하는 거라면 이해하겠는데 어째서 우리 세력만 골라서 제거하고 있느냐는 말이다. 그게 있을 수 있는 일이냐?"

연부중은 꿀 먹은 벙어리처럼 아무 말도 하지 못했다.

"네 명의 초후들이 비룡공자라는 놈의 명령에 따르고 있는 것이 맞느냐?"

"그런 것 같습니다."

"그게 가능한 일이냐?"

연부중은 다시 꿀 먹은 벙어리가 됐다. 그가 생각해 봐도 그건 말이 되지 않았다.

"어쩌면……."

문득 연파란이 눈을 좁히면서 중얼거렸다.

"종초와 비룡공자가 손을 잡은 것인가?"

그녀는 골똘히 생각하더니 연부중에게 물었다.

"너는 어떻게 생각하느냐?"

연부중이 머뭇거리자 연파란이 말했다.

"솔직하게 말해도 괜찮다."

연부중은 용기를 내서 말했다.

"두 사람이 손을 잡았을 가능성은 희박합니다."

연파란은 눈을 반개한 채 연부중을 응시했다.

"어째서 그렇지?"

"한쪽은 침략자이고 다른 쪽은 정복당한 쪽입니다. 그런데 두 사람이 손을 잡았을 리가 없습니다."

"흠."

"백 번 양보해서 여황이 필요에 의해서 중원 세력에게 손을 내밀었다고 해도 비룡공자나 중원 세력이 그 손을 맞잡았을 리가 없는 겁니다."

연파란은 눈을 좁혔다.

"그런데 현재 상황이 우리 세력을 제거하고 있는 배후에 비룡공자가 있는 것으로 확인되고 있잖느냐."

그녀는 처음부터 줄곧 침묵하고 있는 연조음과 연분홍을 보며 꾸짖었다.

"너희들은 아무 생각도 없는 게냐?"

평소 같았으면 몇 마디 거들었을 그녀들이지만 잠혼백령술에 심지가 제압된 상태라서 자신들도 모르게 침묵을 지키고 있는 것이다.

"죄송합니다."

연파란은 딸 둘이 꿔다 놓은 보릿자루처럼 앉아 있는 꼴이 눈에 거슬렸다.

그러나 지금껏 그녀들의 공이 컸으므로 이 정도는 충분히 넘어갈 수 있다.

"으음……."

갑자기 연파란이 목과 어깨가 결리는지 고개를 이리저리 돌리면서 손으로 어깨를 주무르며 탄성인지 신음인지 모를 소리를 냈다.

화운룡은 이끌리듯이 그녀 뒤에 서서 두 손으로 그녀의 양쪽 어깨를 부드럽게 주물렀다.

시키지도 않았는데 수하가 천황의 어깨를 주무르다니 꿈도 꾸지 못할 일이다.

연조음과 연분홍, 연부중의 시선이 일제히 화운룡에게 집중되었다.

그러나 화운룡은 개의치 않고 마치 연파란이 어깨를 주무르라고 지시한 것처럼 태연하게 주물렀다.

그는 일부러 명천신기를 두 손으로 조금씩 주입하면서 연파란의 어깨를 주물렀다.

"아아… 시원하구나……."

명천신기를 주입하면서 주무르는 덕분에 연파란은 몸이 녹는 것처럼 무척이나 시원했다.

화운룡은 연파란이 갑자기 목을 이리저리 돌리면서 어깨를 만지는 것을 보고 좋은 생각이 뇌리를 스쳤다.

그가 연파란의 몸을 주무를 수 있다면 그녀를 죽일 수 있는 절호의 기회를 만들어낼 수 있을 것이라고 말이다.

연파란은 낮은 신음 소리를 내면서 아예 눈을 감고 몸을 화운룡에게 맡겼다.

잠혼백령술이 제압된 연조음과 연분홍, 연부중은 그 광경을 보면서도 아무렇지 않은 얼굴들이다.

화운룡은 명천신기에 공력을 극소량 섞어서 연파란의 어깨를 주무르며 체내에 주입했다. 그녀의 공력 수위 같은 것을 알아내려는 시도다.

연파란이 기분 좋은 목소리를 흘렸다.

"내 몸에 무엇을 주입하는 것이냐?"

"의술용으로 전환한 공력입니다."

연파란은 흐뭇한 얼굴로 감탄했다.

"호오… 그걸 뭐라고 하느냐?"

"명천신기라고 합니다."

연파란 같은 거물에게는 어줍지 않게 둘러대는 것보다 솔직하게 말하는 것이 좋다.

꼬치꼬치 물어보지 않겠지만 그런다고 해도 대충 둘러대면 되는 일이다.

"그런 걸 어디에서 배웠느냐?"

"아버지께 배웠습니다. 아버지께선 어머니에게 종종 안마를 해드렸습니다."

"흐음… 신통하구나. 너의 손길이 닿으니까 결리고 쑤시던
것이 다 나은 것 같다."

연파란은 끝없이 계속해서 안마를 받고 싶다는 생각이 들
정도로 흠뻑 빠졌다.

화운룡이 보여주고 있는 것이 신기한 무공이라면 그것의
근원을 파고들어 따지겠지만, 한낱 안마 따위에다 그것이 자
신을 매우 흡족하게 해주고 있는 터라서 연파란은 대수롭지
않게 생각했다.

"음… 눕고 싶구나. 누워서도 안마를 할 수 있느냐?"

"물론입니다."

화운룡은 대답하고 나서 몸을 굽혔다.

"실례하겠습니다."

그는 연파란을 가볍게 번쩍 안고 허리를 폈다.

"아……."

여장부 연파란이 깜짝 놀라 나직한 탄성을 터뜨리면서 부
지중에 두 팔로 화운룡의 목을 감았다.

전혀 예상하지 않았던 일이라서 떨어지지 않으려는 반사적
인 행동이다.

연파란이 여걸이며 천신국의 천황이라고 하지만 체구는 그
저 아담한 여자일 뿐이다.

그에 비해서 키가 매우 크고 어깨가 넓으며 체구가 우람한 화운룡이 연파란을 안고 가는 모습은 마치 어린 여동생을 안은 것 같았다.

화운룡은 한 팔로 연파란의 등 뒤쪽에서 겨드랑이 아래로 넣고 다른 팔을 허벅지 아래를 받쳐서 안고는 성큼성큼 한쪽으로 걸어갔다.

그가 침실로 들어가는데도 연파란은 눈을 꼭 감은 채 미동도 하지 않았다.

그녀는 연조음과 연분홍, 그리고 연부중이 이 광경을 어떻게 생각할지 조금 께름칙했으나 그냥 무시하기로 했다. 지금 상황이 너무 흡족하고 좋기 때문이다. 그러므로 그 정도는 충분히 감수할 수가 있다.

화운룡은 넓은 침실을 가로질러 얇은 휘장이 바닥까지 길게 드리워진 침상으로 걸어갔다.

연파란은 여전히 두 팔로 화운룡의 목을 감고 눈을 감은 채 고개를 그의 어깨에 기대고 있다.

앞뒤를 뚝 잘라낸 상황에서 누군가 지금 이 장면만 본다면 젊은 남녀가 침상에서 뜨거운 사랑을 나누려고 하는 광경 바로 그거다.

슥…….

화운룡은 휘장을 걷고 안으로 들어가서 연파란을 침상에

조심스럽게 내려놓았다.

그는 지금 연파란을 급습하여 죽일 기회를 만들고 있다. 그림자처럼 연파란 옆에 서 있는 것보다는 그녀의 몸을 주무르는 것이 급습을 할 수 있는 훨씬 좋은 기회이기 때문이다.

조금 전에 연파란의 어깨를 주무를 때에는 이러다가 절호의 기회를 만들어 죽일 수도 있을 것이라고 생각했는데, 지금은 반드시 연파란을 죽여야겠다고 결심했다.

이런 기회는 자주 오지 않을 것이다. 그리고 화운룡이 연가복 행세를 하는 것은 길게 끌면 발각될 가능성이 높다. 꼬리가 길면 밟히는 법이다.

연파란은 조금 전보다 기분이 더 좋아졌다. 조금 전에는 어깨만 주물러서 시원했으나 이제부터는 몸이 시원해질 것이라는 기대감 때문이다.

"어디가 불편하십니까?"

"온몸 다."

화운룡의 물음에 연파란은 혼곤한 목소리로 대답했다.

조금 전에 결렸던 어깨를 화운룡이 조금 주물렀더니 금세 시원해진 것으로 봐서는 온몸이 쿡쿡 쑤시고 찌뿌듯한 것도 그의 손길이 닿기만 하면 다 시원해질 것 같았다. 그런 기대감이 연파란을 적잖이 들뜨게 만들었다.

슥…….

화운룡은 연파란 옆에 앉아서 두 손에 약간 명천신기를 주입하여 팔을 주무르기 시작했다.

명천신기를 지금보다 조금 더 주입하면 무척 시원하고 상쾌하겠지만 감질나게 하려고 일부러 극소량의 명천신기만 주입한 상태다.

스슥… 스슥…….

화운룡의 커다란 두 손이 연파란의 가느다란 팔을 어깨에서부터 손목까지 훑으면서 주물렀다.

"흐음… 아아… 좋아……."

연파란은 붉고 조그만 입술을 약간 벌리고는 새근새근한 숨소리를 흘렸다.

그녀는 화운룡이 주무르고 있는 오른쪽 팔이 녹아버리는 것처럼 시원했다.

손바닥과 손가락으로 어딜 어떻게 누르고 훑으며 주무르는지 팔만이 아니고 몸이 다 찌릿거렸다.

화운룡이 팔을 놓더니 이번에는 반대쪽 팔을 주물렀다.

그것이 끝나자 그는 잠시 연파란을 굽어보다가 그녀의 상의를 조심스럽게 벗기기 시작했다.

안마란 맨살에 하는 것이 제일 효과가 좋은데 연파란은 몇 겹의 옷을 입고 있어서 효과가 반감됐다.

그녀 자신도 더 시원한 느낌을 위해서 화운룡이 겉옷을 벗기는 것을 찬성했다.

연파란은 시원해지고 기분이 좋아지는 것을 위해서라면 웬만한 것들은 다 용납할 준비가 되어 있는 것 같다.

더구나 이제는 겉옷까지 벗었으니까 훨씬 더 시원해질 것이라는 기대감이 상승했다.

슥…….

화운룡은 두 손으로 연파란의 양쪽 옆구리를 부드럽게 잡고 약하게 주무르며 훑어 내렸다.

"흐으음……."

연파란이 콧소리를 내면서 허리를 약간 비틀었다. 교태를 부리거나 흥분해서가 아니라 한꺼번에 배와 등, 내장이 시원해지니까 그녀로서는 생전 처음 내보는 신음 소리가 자신도 모르게 흘러나온 것이다.

화운룡은 그녀의 옆구리 뒤쪽으로 손가락을 깊이 넣어 등을 훑어 내리며 명천신기를 주입했다.

"흐아아……."

연파란이 허리를 들면서 뼈가 없는 듯 흐느적거렸다.

그 모습을 보고 화운룡은 그녀가 평생 단 한 번도 안마를 받아본 적이 없음을 확신했다. 안마를 받아봤다면 이런 반응을 보일 리가 없다.

화운룡의 안마는 보통 안마가 아니다. 전신의 뒤틀린 뼈와 근육, 피부, 내장을 바로잡아 줄 뿐만 아니라 체내 곳곳에 축적돼 있는 나쁜 기운과 공기를 배출시킨다. 그러니까 상쾌하고 시원할 수밖에 없다.

"그르륵… 흐아아……."

화운룡의 두 손이 옆구리를 주무르자 내장에 축적된 나쁜 기운이 연파란의 입을 통해서 토해졌다.

*　　　　*　　　　*

"그만할까요?"

"……."

화운룡이 조심스레 말했는데도 연파란은 대답이 없다.

그가 손을 떼자 잠시 후에 연파란이 눈을 떴다.

"왜 멈춘 것이냐?"

"더 할까요?"

"힘드냐?"

화운룡은 얼른 고개를 숙였다.

"조금도 힘들지 않습니다."

"네가 원하는 것을 다 들어줄 테니까 더 해라."

"네."

"그만하라고 할 때까지 해라."

"네."

화운룡은 연파란의 상의 속으로 미끄러지듯이 두 손을 집 어넣었다.

두 손에 납작하고 가느다란 그러면서 매끄럽고 부드러운 배 와 허리가 가득 만져졌다.

그가 옷 속으로 맨살을 만졌는데도 연파란은 거부 반응을 보이지 않았다.

그는 두 손바닥으로 명천신기를 여태까지보다 조금 더 발 출하며 그녀의 배와 옆구리, 가슴 아래까지 둥글게 원을 그리 면서 쓰다듬었다.

"하아아……."

연파란이 길게 숨을 내쉬자 악취가 풍겼다. 화운룡의 추궁 과혈수법으로 체내의 나쁜 기운이 입을 통해서 배출되고 있 는 것이다.

"끄으윽……."

연파란은 숨을 길게 내쉬기도 하고 트림도 했다. 그때마다 악취가 뿜어졌다.

그녀가 눈을 반쯤 뜨고 중얼거렸다.

"흐으음… 체내의 나쁜 기운이 입으로 토해지는 것이로구 나. 정말 시원하다……."

"폐하께서 좋아하시니까 기쁩니다."

"네가 천하를 달라고 해도 주겠다."

얼마나 좋은지 연파란은 그런 말도 했다.

화운룡은 이제부터 연파란을 완전히 무장해제를 시켜야겠다고 마음먹었다.

지금까지로 봐서는 그가 명천신기를 조금 더 주입해서 뼛속과 근육 구석구석까지 주무르면 그녀는 반시진 내에 비몽사몽 상태에 빠질 것 같았다.

이른바 혼곤(昏困)과 무기력이다. 그 상태로 만들어놓고서 일거에 급습을 가하는 것이다.

화운룡과 옥봉, 항아, 연종초 네 사람의 합쳐진 공력으로 여의칠천인 여의백팔천을 전개하여 연파란의 머리통이나 심장을 짓이겨 버리는 것이다.

돌다리도 두드려 보고서 건너야 한다. 예전의 십절무황은 이렇게 조심한 적이 없었다. 그 정도로 막강한 상대를 만난 적이 한 번도 없었기 때문이다.

아마도 연파란은 화운룡이 생애를 통틀어서 가장 고강한 상대일 것이다.

지금은 예전 십절무황 시절하고 상황이 전혀 다르다. 모든 것을 걸고 한판 승부를 하려는 것이다.

연파란을 죽이면 모든 것을 얻게 될 테지만 죽이지 못하면 오히려 반격을 당할 테고, 그래서 화운룡이 당하면 반대로 모든 것을 잃게 될 것이다.

그러니까 연파란을 죽이는 것은 모두 얻거나 모두 잃어버리는 모험이다.

그런데 과연 안마만으로 연파란을 무방비 상태로 만들 수가 있을지 아까부터 자꾸 의문이 들었다.

'내가 지금 무엇을 두려워하고 있는 것인가?'

그는 스스로도 어이없다는 생각이 들었다. 자신과 옥봉, 항아, 연종초의 공력을 모두 합쳐서 이천 년이 훨씬 넘는 공력을 지니고서도 연파란을 두려워하고 있는 것이다. 아니, 사실은 실패를 두려워하고 있다.

그는 얼마 전까지만 해도 연파란과 일대일로 싸운다고 해도 승산이 있다고 생각했었다.

그런데 지금은 그녀의 허락하에 몸을 마음껏 주무르고 있는 상황 즉, 기회가 주어졌는데도 급습이 성공할지 실패할지를 걱정하고 있다.

그러는 이유는 하나다. 생각이 길어지면 상황을 판단하는 능력이 흐려지게 마련이다. 그래서 그런 것이다.

배와 옆구리를 안마하다 보니까 연파란의 상의가 위로 말려 올라가서 새하얀 살결이 드러났다.

"아아……"

연파란은 계속 탄성이 섞인 신음 소리를 흘렸다. 그녀는 자신의 기분이 고조되고 있다는 사실을 감추려고 하지 않고 그대로 드러냈다.

그는 두 손을 멈추지 않고 연파란의 양쪽 골반과 허벅지, 무릎, 정강이를 차례로 안마했다.

옷이 버석거리자 연파란이 눈을 감은 채 중얼거렸다.

"음… 바지를 벗겨도 된다."

화운룡은 망설이지 않고 옷고름을 풀고 바지를 아래를 죽 내려서 벗겼다.

연파란은 지금보다 더욱 시원하고 상쾌해지는 것을 원하고 있다. 또한 화운룡에게 부끄러움 같은 것을 전혀 느끼지 않는 것이 분명하다.

하긴 연파란은 백 살이 넘은 할망구인데 새파란 이십 대 초반의 화운룡에게 무엇을 부끄러워하겠는가.

그게 아니다. 연파란은 과거로 회귀했으므로 현재 나이가 사십 세쯤일 것이다.

그러고는 무공이 화경에 이른 덕분에 더 이상 늙지 않아 이십 대 초반의 나이를 유지하고 있다.

과연 연파란의 하체는 백옥처럼 뽀얗고 잡티 하나 없으며 늘씬한 데다 피부가 탱글탱글했다.

은밀한 부위를 간신히 가리는 어린아이 손바닥만 한 속곳 하나만 입은 모습은 실로 뇌쇄적이다.

더구나 상의가 가슴 부위까지 말려 올라간 상태라서 거의 나체나 다름이 없는 모습이다.

화운룡은 연파란의 다리를 넓게 벌리고 그 사이로 들어가서 책상다리로 앉고는 다리 하나를 무릎에 얹고 주무르면서 명천신기를 조금 더 주입했다.

허벅지는 주무르고 골반은 가볍게 두드리자 연파란은 전율을 일으키면서 연신 신음을 토해냈다.

"아아아……."

화운룡이 안마를 해보니까 연파란의 근육이 단단하게 뭉쳐 있으며 체내에 나쁜 기운이 많이 축적되어 있었다.

평생 안마나 추궁과혈을 받아본 적이 한 번도 없는 것이 분명했다.

화운룡은 은밀한 부위만 빼고 허벅지와 아랫배, 골반을 두루 안마하며 적절하게 명천신기를 주입했다.

그런데 전혀 뜻밖의 일이 일어났다.

뽀옹!

연파란이 방귀를 뀌었다. 나쁜 기운이 입으로만 나오라는 법이 없다.

항문도 구멍이니까 그곳으로도 배출된 것인데 그녀로서도 예상하지 못했던 일이다.

연파란은 방귀를 뀌어놓고는 살짝 눈을 뜨고 화운룡을 쳐다보았다.

그녀와 눈이 마주치자 화운룡은 웃음이 터져 나오는 것을 참을 수가 없었다.

"하하하하!"

그러자 예상 외로 연파란이 얼굴을 붉히더니 눈을 흘기면서 핀잔을 주었다.

"웃지 마."

그런데 꾸짖음이 아니라 애교 같은 것이다. 목소리가 약간 늘어지고 코 먹은 듯했다.

그 순간 화운룡은 한 가지 사실을 깨달았다. 여자는 어려도 늙어도 다 똑같은 여자라는 사실이다.

그러니까 지금 화운룡 두 손 안에 있는 사람은 천신국의 천황인 연파란이 아니라 그냥 한 명의 여자인 것이다. 화운룡의 손짓에 숨을 할딱거리는 그냥 여자 말이다.

무공은 전혀 별개다. 고강하다고 여자가 여성성을 잃어버리는 것은 아니다.

기왕지사 내친걸음이다. 화운룡은 웃음을 그치지 않을뿐더러 더 크게 웃었다.

"핫핫핫핫! 죄송합니다! 폐하처럼 아름다운 분께서 인간처럼 방귀를 뀌실 줄은 몰랐습니다!"

"나도 인간이다."

연파란은 화를 내는 대신에 머쓱한 표정을 지으며 변명하듯이 말했다.

그녀는 평생 동안 남편을 비롯한 어느 누구에게도 교태나 아양 같은 것을 부려본 적이 없었다. 또한 누가 자신에게 그런 것 역시 용납하지 않았었다.

한마디로 그녀는 무정(無情)하고 무감각하며 오로지 뚜렷한 목적 의식 하나만으로 똘똘 뭉쳐진 여자였다.

그 단단하고 차가운 얼음덩어리가 지금 화운룡에 의해서 녹고 있는 중이다.

화운룡은 고개를 꾸벅 숙였다.

"죄송합니다. 계속하겠습니다."

그는 연파란의 두 다리를 잡아서 끌어당기고는 즉시 그녀의 상체를 잡아 마주 보는 자세로 허벅지에 앉혔다.

그러고는 두 팔로 그녀를 안고 지그시 힘을 주면서 명천신기를 주입했다.

우두둑… 뼈거걱… 뚜가각…….

연파란의 상체에서 뼈마디 부딪치는 소리가 요란하게 마구 터져 나왔다.

"흐아아… 아윽! 하아아……."

연파란은 뼈가 없는 듯 늘어진 채 그의 품에 안겨서 묘한 탄성을 터뜨렸다.

화운룡은 그 자세에서 두 팔로 그녀의 허리와 등을 오르내리면서 적절하게 힘을 주면서 명천신기를 주입했다.

뼈 부러지는 소리가 계속 나고 그녀는 괴성에 가까운 신음 소리를 마구 냈다.

화운룡은 그녀를 엎드리게 하고는 엉덩이에 올라앉았다.

이제는 '이렇게 해도 되겠습니까?' 라든지 '죄송합니다' 같은 말도 하지 않고 내키는 대로 행동했다.

그렇게 하고는 그녀의 어깨와 등을 손바닥으로 꾹꾹 누르면서 명천신기를 주입했다.

"흐으음… 아아… 좋아… 정말 좋아……."

안마를 얼마나 격렬하게 했었는지 상의는 일찌감치 벗겨졌으며 가슴가리개와 속곳은 진작 떨어져 나가 지금 연파란은 나신이다.

명천신기에 공력을 약간 섞어서 주입하여 감지한 결과 연파란은 금강불괴지체가 틀림없다.

화운룡은 이날까지 금강불괴지체와 싸워본 적이 한 번도 없기에 어떻게 해야 할지 대책이 서지 않았다.

이천 년 공력을 집중시켜서 강기를 뿜어내면 금강불괴지체를 파괴할 수 있지 않을까?

아니면 무형검을 만들어내서 거기에 전 공력을 집중해서 찌르면 연파란의 몸뚱이를 꿰뚫을 수 있지 않을까?

몇 가지 방법을 생각해 냈지만 결론은 한 가지다. 자신이
없다는 것이다.

과연 그 방법으로 금강불괴지체를 파훼하면 다행인데 그러
지 못하면 어쩐다는 말인가.

'금강불괴지체를 풀어야 한다.'

안마를 하면서 내내 고심하던 화운룡은 결국 그런 결론에
도달했다.

금강불괴지체인 연파란을 급습했다가 실패해서 낭패를 당
하느니 금강불괴지체를 해체시킨 후에 공격하는 것이 순리라
고 판단했다.

화운룡이 안마를 하는 동안 확인한 바에 의하면 연파란은
외문무공으로 금강불괴지체가 된 것이 아니다.

철포삼이나 금종조 같은 외문무공으로 금강불괴지체가 됐
다면 그녀의 피부가 철갑처럼 단단하고 거칠어야 하는데 어린
소녀처럼 더없이 매끄러웠다.

'추궁과혈을 어느 정도의 강도로 얼마나 해야 금강불괴지체
가 풀리려는가.'

화운룡은 엎드린 연파란의 두 팔을 잡아당겨서 천천히 위
로 쳐들었다.

뚜두둑… 두둑…….

연파란의 상체가 들리면서 또다시 뼈 부러지는 소리가 터

져 나왔다.

"아흐흑……! 아아……."

추궁과혈수법으로 하는 안마에 죽는다고 비명을 지르며 좋아하는 이 가녀린 체구의 여자가 천신국 천황이며 화운룡이 전력으로 일장을 갈겨도 죽지 않는 금강불괴지체라는 사실이 믿어지지 않았다.

지금 눈앞의 그녀는 그저 화운룡이 조금만 힘을 더 주기만 해도 온몸이 갈가리 찢어지고 부서질 것 같은 연약하기 짝이 없는 모습이다.

화운룡은 엎드린 연파란의 양쪽 어깨를 잡아서 위로 잡아당겨 활처럼 휘어지게 했다.

"으아아… 으그그……."

연파란이 신음을 터뜨리자 그는 상체를 놓고 등을 훑으면서 내려와 엉덩이를 안마했다.

그러면서 명천신기에 공력을 섞어서 주입해 보니까 여전히 금강불괴지체 상태다.

'빌어먹을……'

속에서 욕이 저절로 나왔다.

"으음… 가복아……."

그런데 그때 연파란이 다 죽어가는 목소리로 그를 불렀다.

"네. 폐하."

"아아… 나를……."

"네."

"나를 사랑해다오."

"……."

화운룡은 뒤통수를 호되게 얻어맞은 듯한 충격에 할 말을 잃어버리고 말았다.

＊　　　　＊　　　　＊

"폐하, 무슨 말씀이신지……."

화운룡은 연파란의 말뜻을 알아들었지만 이해하지 못한 것처럼 굴었다.

연파란은 뜨거운 목소리로 헐떡거렸다.

"남자로서 나를 사랑해 달라는 말이야……."

연파란이 두 번씩이나 똑같은 말을 하는데 계속 못 알아들은 것처럼 구는 것은 말이 안 된다.

만약 연파란의 말을 거역한다면 그를 죽일 것이다. 무시당했다고 생각할 것이기 때문이다.

그녀가 수하에게 자신을 사랑해 달라고 하는 말이 결코 쉽게 나오지는 않았을 것이다.

그러므로 어렵게 한 그 말이, 아니, 명령 혹은 부탁이 거절

당한다면 가장 손쉬운 방법 즉, 상대를 죽이는 것으로 분풀이 할 것이 분명하다.

화운룡으로서는 이런 상황이 전개될 것이라고는 꿈에도 생각하지 못했었다. 화운룡은 열심히 안마를 했을 뿐인데 연파란이 흥분을 해버린 것이다.

여자의 몸을 안마하는 것이 애무하는 것과 비슷하거나 같다는 사실을 그는 몰랐었다. 연파란이 연신 시원하다고 하니까 안마의 끝에 뭐가 나타날지도 모른 채 열심히 주물렀다.

그는 자신이 안마를 하고 있던 연파란의 엉덩이를 멍한 얼굴로 바라보았다.

진퇴양난이다. 거역하면 연파란의 분노를 살 테고 명령에 따르자니 마음이 내키지 않는다.

연파란이 몸을 들썩이면서 채근했다.

"멍청아, 날 천황이 아닌 여자라고 생각해라."

연파란이 아무리 떠들어도 화운룡으로서는 절대로 그녀의 명령에 따를 수가 없다.

그녀와 음탕한 짓거리를 하지 말아야 할 이유를 대라면 백 개도 넘을 것이다.

화운룡은 연파란이 자신을 급습하라고 자꾸만 몰아붙이면서 독촉하는 것이라는 생각이 들었다. 욕정을 채워달라는 명령은 자신을 빨리 공격하라는 말이나 다름이 없다.

화운룡은 전 공력을 끌어 올려서 두 손에 모았다.

급습 기회는 단 한 번뿐이다. 연파란의 금강불괴지체를 파괴한다면 중상을 입히거나 죽일 수 있지만, 파괴하지 못하면 재빨리 도망쳐야 한다.

그때 연파란이 또다시 뭐라고 말하는데 화운룡은 귀에 한마디도 들어오지 않고 그녀의 어딜 공격하면 좋을지 재빨리 살펴보았다.

문득 화운룡의 바로 코앞에 놓인 그녀의 엉덩이가 크게 확대되어 보였다.

'저기다!'

그는 두 손바닥을 붙여서 모아 손가락 끝을 뾰족하게 만들고는 전 공력을 주입시켜 여의칠천 여의백팔천을 전개하며 힘껏 앞으로 찔렀다.

"그만두자."

그때 연파란이 나직하게 불쑥 말하자 화운룡은 동작을 뚝 멈추었다. 그의 손가락 끝이 목표로 삼은 연파란의 엉덩이에서 반 뼘 거리를 두고 멈춘 것이다.

"내가 망령인가 보다. 너는 못 들은 것으로 해라."

"……"

연파란은 달래는 듯한 목소리로 물었다.

"놀랐느냐?"

"네, 폐하."

"그래. 넌 어쩔 생각이었느냐?"

"명령에 따를 생각이었습니다."

이미 지난 일이므로 뭐라고 대답하든 상관이 없다.

"그래?"

화운룡은 다시 안마를 시작했다. 공력을 거두고 연파란의 엉덩이를 주물렀다.

연파란이 혼곤한 목소리로 중얼거렸다.

"연신가의 가주는 혼인을 하지 않는단다. 임신을 위해서 그때마다 남자와 동침을 할 뿐이지."

화운룡으로서는 처음 듣는 얘기다.

"나는 세 명의 남자에게서 다섯 명의 딸을 낳았지."

화운룡은 묵묵히 그녀의 몸을 주무르면서 들었다.

"마지막 종초를 잉태할 때가 구십여 년 전이니까 구십여 년 동안 남자를 모르고 살아온 게야."

넋두리 같은 변명이지만 일견 동정이 가는 일이다.

연파란은 상상했던 것 이상으로 안마를 좋아했다.

화운룡은 안마를 시작한 지 한 시진 반이 흐르고 있는 지금까지도 연파란의 몸을 주무르고 있다.

화운룡은 똑바로 누워 있는 연파란의 어깨를 안마하면서

넌지시 물어보았다.

"폐하께선 무척 고강하시죠?"

연파란은 눈을 감은 채 엷은 미소를 지었다.

"너는 어떻게 생각하느냐?"

화운룡으로서는 지금이 매우 중요한 순간이다.

"제 소견으로는 폐하께선 천하무적이실 것 같습니다."

연파란의 미소가 조금 더 짙어졌다.

"내 생각도 그렇다."

"폐하의 적수가 없죠?"

"나도 그 점이 아쉽단다. 무인으로서 싸울 상대가 없다는 사실만큼 허무한 일이 어디에 있겠느냐?"

연파란의 얼굴에는 정말로 쓸쓸한 표정이 설핏 떠올랐다가 사라졌다.

"혹시 따님들은 어떻습니까? 폐하와 몇 초 정도 겨룰 수 있을까요?"

"분홍이와 조음이 둘 다 나한테는 일 초도 버티지 못한다."

연파란은 기분이 매우 좋아서인지 화운룡이 묻는 말에 술술 대답해 주었다.

하긴 자신의 온몸을 그것도 나신을 구석구석 안마하고 있는 사람에게 감출 만한 일은 그리 많지 않을 것이다. 더구나 연파란은 방귀까지 뿡뿡 꼈었다.

"막내 따님은 어떻습니까?"

가랑비에 옷이 조금씩 젖듯이 화운룡의 질문 내용도 조금씩 깊어졌다.

막내딸이란 연종초 즉, 여황이다. 화운룡은 연종초의 무공 실력을 잘 알고 있으므로 연파란의 대답에 따라서 그녀의 무위를 유추할 수 있을 터이다.

"흐음, 그 아이는 삼 초까지는 버틸 수 있을 게야."

"아… 그 정도라니 믿어지지가 않습니다. 도대체 무공이 얼마나 고강하면 그럴 수 있습니까?"

"아아… 시원하다. 좀 더 아래… 그래. 거기."

연파란은 허벅지를 안마하라고 한 후에 말했다.

"인간의 오를 수 있는 무공의 최고 경지가 무엇이냐?"

"그것은 출신입화지경(出神入化之境) 즉, 화경이라고 알고 있습니다만……."

"화경 위에는 무엇이 있느냐?"

"없습니다."

화운룡은 확신하듯이 대답했다. 그 자신이 화경에 이르렀기 때문이다. 그는 현재의 자신보다 고강한 자가 존재한다는 사실을 믿지 않았다. 지금 그가 확인하려는 것은 연파란의 무공 수위가 아니라 그녀가 자신의 적수인가 아닌가 하는 것이다.

연파란은 잠에 취한 듯한 목소리로 말했다.

"틀렸다. 화경 위에 한 가지가 더 있다."

화운룡은 손을 멈추고 고개를 갸웃거렸다. 아무리 생각해 봐도 화경이 최고봉이다. 출신입화지경이 곧 화경이다. 출신(出神). 신이 되려고 발돋움하고 화경(化境). 조화를 부리기 위해 인간의 틀에서 벗어나는 단계이다.

"그게 무엇입니까?"

화운룡으로선 묻지 않을 수가 없다.

연파란은 미소를 지으며 대답했다.

"신(神)이다."

"……."

화운룡은 갑자기 가슴이 콱 막힌 것 같아서 아무 말도 하지 못했다.

잠시 침묵이 흐른 후에 화운룡은 스스로 생각해도 바보 같은 질문을 했다.

"그럼… 폐하께선 신이십니까?"

"하하하하! 내가 신이냐고?"

연파란은 눈을 뜨고 유쾌하게 웃었다.

"나는 아직 신이 아니란다."

그때 갑자기 화운룡이 연파란의 몸 위에 엎드린 자세로 포개졌다.

깜짝 놀라서 저항하려고 했으나 온몸이 보이지 않는 줄에

칭칭 묶인 것처럼 꼼짝도 하지 않았다.

화운룡은 연파란의 짓이라는 걸 깨닫고 즉시 공력을 거두는 대신 크게 놀라는 표정을 지었다.

"아아… 무슨 일입니까?"

연파란은 자신의 몸 위에 엎드린 화운룡의 얼굴을 부드럽게 두 손으로 감쌌다.

"가복아. 나는 아직 신이 아니지만 곧 신이 될 게야."

"경하드립니다, 폐하."

화운룡은 당황함을 감추려고 애썼다.

연파란은 두 손으로 화운룡의 양 뺨을 잡고 잡아당겨서 부드럽게 입맞춤을 했다.

"네가 나를 도와줘야겠다."

화운룡은 설핏 불길한 예감이 들었다. 그제야 문득 돌이켜서 생각해 보니까 그가 말객 연가복으로 변신한 이후 지금까지 연파란 곁에 너무도 쉽게 접근할 수 있었다.

다른 일면으로 생각해 보면 그럴 수도 있지만 또 다른 일면으로 생각하면 일이 너무 쉽게 풀리는 것을 한두 번쯤 의심을 했어야 옳았다.

언제 어디에서 뭐가 잘못됐는지는 모르지만 지금부터라도 정신을 바짝 차려야만 한다.

"폐하, 무엇이든지 명령만 하시면 제 목숨이라도 기꺼이 바치겠습니다."

연파란이 부드럽게 입술을 비볐다. 그리고 그녀의 음성이 화운룡의 머릿속에서 나직하게 울렸다.

[오냐, 그 말을 기다렸다. 네가 도와주기만 하면 나는 우화등선에 성공하여 신이 될 수 있을 게다.]

'우화등선을……'

[네 공력을 내게 주면 우화등선에 성공할 수 있는데 그러는 것이 어떠냐?]

"……"

연파란의 혀가 화운룡의 혀를 감더니 부드럽게 빨아 당겼다.

화운룡은 자신의 정체가 발각된 것인지 아니면 연파란이 그냥 떠보는 것인지 분간이 서지 않았다.

그러다가 문득 어떤 생각이 번쩍 뇌리를 스쳤다.

연파란은 말객 연가복 정도의 공력이 필요하지는 않을 것이다. 그 정도 공력으로 우화등선을 이룰 수 있다면 이미 오래전에 성공했을 것이다.

연파란은 화운룡의 혀를 놓지 않은 상태에서 손을 아래로 내려서 그의 엉덩이를 쓰다듬었다.

[네가 비룡공자로구나.]

"……"

순간 화운룡은 머릿속이 하얘졌다. 연파란이 그 사실을 어떻게 알았는지 짐작조차 되지 않았다.

[나는 조금 전에야 네가 연가복이 아닐지도 모른다는 의심이 들어서 네가 누구일지 곰곰이 생각을 해봤는데 네가 비룡공자일 것이라는 생각이 들었다.]

화운룡은 번쩍 어떤 생각이 들어서 즉시 자신의 머릿속을 해령경력으로 심지를 제압하여 말객 연가복의 기억을 모조리 주입시켰다.

연파란이라면 상대의 생각을 읽을 수도 있을 것이라는 예감이 들었기 때문이다.

연파란이 화운룡을 의심한 것은 그녀의 명령을 거부했기 때문일 것이다.

그녀가 자신을 사랑해 달라고 했을 때 그는 망설였다. 두 번 세 번 명령했는데도 듣지 않았었다. 만약 말객 연가복이었다면 그녀의 명령이 떨어졌을 때 크게 놀라고 당황했겠지만 결국 명령에 따랐을 것이다.

그것이 목숨을 바쳐서 충성하는 수하의 참된 행동이다. 그런데 화운룡은 그렇게 하지 못했으며 그래서 그녀가 의심을 한 것이 분명하다.

[너……]

화운룡이 스스로의 심지를 제압하여 말객 연가복으로 위장하자마자 연파란이 행동을 뚝 멈추었다. 잠시 침묵이 흘렀다가 이윽고 연파란은 허탈한 목소리로 중얼거렸다.

[너 가복이로구나.]

"……."

화운룡은 연파란에게 혀를 뺏겼기 때문에 대답을 하지 못하고 가만히 있었다. 연파란은 화운룡의 혀를 놓아주고 나서 그의 등을 부드럽게 쓰다듬었다.

"하마터면 너의 정혈(精血)을 흡수할 뻔했구나."

공력이 아니라 정혈이라고 했다. 공력을 뺏기면 평범한 사람이 되지만 정혈을 뺏기면 껍데기만 남아서 죽음을 당한다.

그때부터 화운룡은 옥봉과 항아, 연종초가 기다리고 있는 연도인의 장원으로 돌아가지 못했다.

연파란이 화운룡을 한시도 자신의 옆에서 떼어놓지 않기 때문이다.

그러다가 중원으로의 출정 전날 화운룡은 간신히 세 명의 부인들을 만나러 갈 수 있게 되었다.

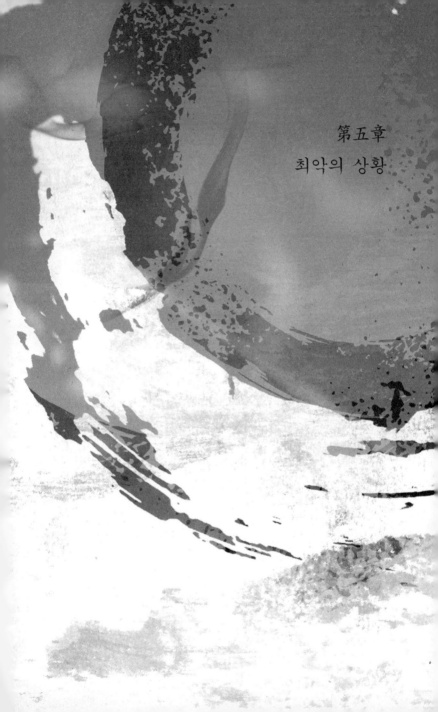

第五章

최악의 상황

천신국 황궁에서 머무는 동안 연파란 때문에 심신이 온통 허약해진 화운룡은 기진맥진한 모습으로 세 명의 부인 앞에 모습을 드러냈다.

열흘이 넘어서야 화운룡을 만난 옥봉과 항아, 연종초는 그에게 달려들며 반가움과 걱정의 눈물을 쏟았다.

"왜 이제야 오셨어요……?"

"여보! 도대체 무슨 일이에요?"

"연도인 말로는 연파란 옆에 그림자처럼 붙어 계셨다던데 왜 그러신 거예요?"

세 여자는 궁금했던 것들을 와르르 쏟아냈다.

"내가 연파란의 전령이 됐기 때문에 상시 옆에서 대기하고 있어야 하는 거야."

대모달인 연도인은 전령으로 승급한 화운룡이 연파란하고 같이 있는 줄은 알고 있지만 그가 무엇을 하는지는 전혀 알지 못했다.

"이제 돌아오셨으니까 앞으로 어떻게 하실 건가요?"

"또 연파란에게 가실 건가요?"

아내들의 숨 쉴 틈 없는 물음에 화운룡은 두 손을 들어 그녀들을 진정시켰다.

"내일 중원으로의 출정이야."

연파란이 이끄는 천신국 전체 세력이 중원으로 출정한다는 사실은 연도인을 통해서 이미 알고 있는 그녀들이다.

세 여자는 긴장한 표정을 지었다. 연종초는 초조한 얼굴로 조심스럽게 물었다.

"연파란을 죽일 수 없었나요?"

화운룡은 진중한 표정으로 말했다.

"그녀는 금강불괴지체였어."

"아……."

"맙소사……."

연종초는 물론이고 옥봉과 항아도 크게 놀라더니 한동안

아무 말도 하지 않았다.

그녀들은 설마 연파란이 금강불괴지체일 줄은 추호도 예상하지 못했었다.

정말 그렇다면 아무리 화운룡이라고 해도 그녀를 죽이는 일은 난감할 수밖에 없을 터이다.

이쪽 편에서 가장 고강한 화운룡조차도 거리가 먼 금강불괴지체를 연파란이 이루다니 그렇다면 그녀를 죽이지 못한다는 뜻이 아닌가.

옥봉이 침묵을 깨고 조심스럽게 물었다.

"용공을 비롯한 우리 네 사람의 합친 공력으로도 그녀를 죽이지 못하겠던가요?"

화운룡은 무겁게 고개를 끄떡였다.

"그래. 나는 연파란 곁에 그림자처럼 붙어 지내면서 기회를 노렸지만 결국 실패했지."

"그 정도로 고강할 줄은 몰랐어요."

"그녀는 이미 출신입화지경을 넘어서 오래지 않아 신이 되려 하고 있어."

"신이 된다고요?"

세 여자는 말도 안 된다는 듯 눈을 커다랗게 떴다. 어떻게 인간이 신이 될 수 있다는 말인가.

화운룡은 착잡한 표정을 지었다.

"나는 줄곧 그녀를 급습해서 죽일 기회를 노렸는데 끝내 기회를 잡지 못했어."

연종초가 염려스러운 표정으로 말했다.

"서방님께선 황궁에 들어가신 지 한나절 만에 우리 세 사람의 공력을 잃으셨겠죠?"

화운룡이 세 명의 아내와 정사를 통해서 얻은 공력은 한나절이 지나면 자연적으로 소멸된다.

화운룡은 한나절 만에 공력을 잃었고 그와 동시에 옥봉과 항아, 연종초는 공력을 회복했었다.

"그래."

"그런데도 연파란 곁에서 머물며 급습할 기회를 노리시다니, 서방님께선 그게 얼마나 위험한 일인 줄 모르셨나요? 아니면 천첩들 생각은 하지 않으시는 건가요?"

"위험한 줄 알고 있어."

연종초는 목소리를 높였다.

"연파란을 죽이는 것보다 서방님께서 살아서 천첩들에게 돌아오시는 것이 훨씬 더 중요해요."

옥봉과 항아도 연종초의 말에 크게 동조했다.

"맞아요. 용공께 무슨 일이 생긴다면 저희들은 절대로 살아가지 못할 거예요."

"저희들에겐 천하의 평화보다 류 니쨩이 더 소중해요."

화운룡은 심각한 표정으로 한동안 생각에 잠겼다가 이윽고 입을 열었다.

"무슨 일이 있어도 연파란은 죽여야 한다."

그러고 나서 그는 황궁에서 있었던 일 즉, 자신이 줄곧 연파란을 안마해 주었으며 그녀가 흥분하여 사랑해 달라고 요구했었다는 사실을 자세하게 설명했다.

세 여자는 소스라치게 놀라고 충격을 받아서 한동안 아무 말도 하지 못했다.

특히 연파란의 딸인 연종초는 너무 큰 충격에 머릿속이 새하얗게 변했다.

네 사람은 침실의 침상 위에 앉아 있는데 한참이 지나도록 아무도 말을 하지 않았다.

총명한 옥봉이 제일 먼저 정신을 수습하고 화운룡을 보며 차분하게 말했다.

"연파란은 팔십여 년 세월을 거슬러서 과거로 회귀했기에 현재 사십여 세 나이예요. 더구나 무공이 화경에 이르러 이십 대 초반의 신체적 나이를 지니고 있다면 색욕을 느끼는 것은 당연한 일이에요."

아무도 입을 열지 않자 옥봉이 말을 이었다.

"그녀는 종초 아우의 친모이며 천신국 반란 세력의 수괴인 천황이기 전에 한 명의 싱싱한 육체를 지닌 젊은 여자라는 사실을 인정해야 해요."

옥봉이 화운룡에게 물었다.

"그녀는 연신가의 가법(家法)에 따라서 혼인을 하지 않고 잉 태를 하기 위해서만 남자하고 동침을 했다면서요?"

"그렇다는군."

"막내인 종초 아우를 잉태한 이후 팔십여 년 동안 남자와 동침한 적이 없기도 하고요?"

"그래."

옥봉은 항아와 연종초를 보면서 말했다.

"우린 용공과 며칠 동안만 사랑을 나누지 않아도 견딜 수가 없어. 그런데 팔십여 년이나 사랑을 하지 않았다는 것은 상상 하기도 어려워."

"하지만 큰언니……."

연종초가 항의하려는 것을 옥봉이 손을 들어서 제지했다.

"연파란이 죽어야 할 사람인 것은 알지만 인정할 것은 인정 하자는 얘기야."

"……."

옥봉은 자신이 이제부터 해야 할 말을 위해서는 항아와 연 종초를 이해시킬 필요가 있었다.

"상상해 봐. 같은 여자 입장에서 말이야."

어려운 일이지만 항아와 연종초는 옥봉의 말대로 연파란이 팔십여 년 동안 남자와 사랑을 나누지 못했었다는 사실 하나만 놓고 봤을 때 그녀에 대해서 연민이 생겼다.

"연파란을 죽일 방법이 있을 것 같아요."

옥봉의 차분한 말에 화운룡과 항아, 연종초는 깜짝 놀라 그녀를 바라보았다.

옥봉은 모두의 시선을 받으면서 화운룡에게 진지한 표정으로 말했다.

"연파란의 요구대로 해주세요."

화운룡은 그녀가 말하는 '요구'라는 것을 즉시 알아듣고 크게 놀라서 버럭 소리쳤다.

"봉애, 말 같은 소리를 해!"

"큰언니!"

"봉 언니!"

연종초와 항아도 옥봉의 말뜻을 알아차리고 소스라치게 놀라 발작적으로 외쳤다.

그런데도 옥봉은 차분함을 잃지 않고 설득하듯이 화운룡에게 말했다.

"용공. 저라고 해서 용공이 연파란하고 사랑을 나누는 일이 좋겠어요?"

"그런데 왜 그래?"

옥봉의 표정이 더욱 진지해졌다.

"사랑을 나누면 절정에 이르게 될 거예요. 바로 그때 급습해서 연파란을 죽이세요."

"……"

화운룡과 항아, 연종초는 소스라치게 놀라 눈을 크게 뜨고 옥봉을 바라보았다.

옥봉은 조용하게 말을 이었다.

"연파란을 죽이는 일이 대의(大義)예요. 우리 세 여자가 그 일을 감내하는 것이 소의(小義)지요. 우리 세 사람만 잠시 참으면 천하를 구할 수 있어요."

항아와 연종초는 아무 말도 하지 못했다. 옥봉이 너무도 성스럽고 숭고하게 보이기 때문이다.

"봉애."

"용공께선 선택의 여지가 없어요. 반드시 그리하셔야만 해요. 그것을 하지 않으셨다가 나중에 피눈물을 흘리면서 후회해도 소용이 없어요."

옥봉의 말인즉 화운룡이 안마를 하고 있을 때 연파란이 또다시 사랑해 주기를 원한다면 못 이기는 체 해주되 그 기회를 최대한 이용해서 그녀를 죽이라는 것이다.

연파랑이 절정에 도달하면 경계가 느슨해질 테니까 그 순간 전 공력을 집중하여 급습하는 것이다.

옥봉은 다짐하듯이 말했다.

"무슨 일이 있어도 반드시 하셔야 해요."

화운룡은 착잡하게 말했다.

"연파란은 금강불괴지체야."

"그래서 사랑을 나누는 것이잖아요."

화운룡은 어이없는 표정을 지었다.

"연파란이 금강불괴지체라니까 사랑을 나누는 것하고 무슨 상관이 있다는 거야?"

"사랑을 나눌 때 급습하셔야죠. 전 공력을 모아서."

"허허… 나 참. 무슨 소리를……."

화운룡은 헛웃음을 웃다가 어떤 생각이 번쩍 떠올랐다.

"봉애."

"아무 말씀 하지 마세요."

옥봉과 항아, 연종초는 화운룡에게 공력을 전해줄 준비를 마쳤다.

즉, 사랑을 나눌 준비로서 옷을 다 벗으면 되는데 오늘은 한 가지가 더 있다.

한나절이 지나도 화운룡에게 옮겨간 세 여자의 공력이 사라지지 않도록 하는 것이 관건이다.

늘씬하면서도 백옥처럼 눈부신 살결을 지닌 옥봉이 단정하게 무릎을 꿇은 자세로 화운룡을 바라보며 말했다.

"소녀의 소견을 말씀드리겠어요."

화운룡은 편안한 자세로 누워서 옥봉의 말을 들었다.

옥봉은 커다란 눈을 깜빡이지도 않고 화운룡을 똑바로 응시하며 말을 이었다.

"사랑을 나누다가 절정의 순간에 우리 네 사람 모두 심지공을 전개하는 거예요."

"심지공을?"

심지공은 화운룡이 무공구결이나 내용을 상대에게 전해줄 때 전개하는 수법이다.

항아가 반신반의하는 표정을 지었다.

"그게 가능할까요?"

"선택의 여지가 없어."

"그래도……."

"그게 성공하지 못한다면 용공께선 혼자만의 공력으로 연파란을 죽이셔야 할 거야."

그런 상황에 처한다면 화운룡은 절대로 성공하지 못하고 죽을 가능성이 매우 높기에 항아와 연종초의 안색이 하얗게 탈색되었다.

항아와 연종초는 누워 있는 화운룡 좌우에 앉아 있으며 옥봉은 그의 넓게 벌린 두 다리 사이에 무릎을 꿇고 앉아 있다.

옥봉은 입술을 살짝 깨문 다음에 말했다.

"기회는 한 번뿐이에요. 우리 네 사람이 모두 절정에 이르렀을 때 동시에 심지공을 전개하여 용공에게 전 공력을 주입하는 거예요."

화운룡과 항아, 연종초는 놀라는 표정을 지었다.

"우리 네 사람이 동시에 절정이라고요?"

"그게 가능한 일인가요?"

여태까지 그랬던 적은 한 번도 없었다. 아니, 그런 것이 가능한 일인지조차 모르고 있었다.

항아가 걱정스러운 눈빛으로 화운룡을 바라보았다.

"류 니쨩, 괜찮겠어요?"

화운룡은 해탈한 고승 같은 표정을 지었다.

"해보지 뭐."

다음 날 아침.

천신국 전 세력이 중원을 향해 출발했다.

연파란이 삼천 명의 흑천성군과 삼만 명의 강령혈대를 직접 이끌고 있다.

그리고 십만의 천신국 색정칠위 고수들과 백이십만의 군사들이 여섯 방향에서 중원을 향해 진군 중이다.

화운룡이 봤을 때 중원은 절대로 연파란의 천신국 세력을 당해내지 못한다.

상대하려고 했다가는 전쟁이 벌어질 것이고 중원천하는 쑥 대밭으로 변할 것이다.

연파란은 중원에 살고 있는 그 어떤 사람들이라고 해도 벌 레만도 못하게 여긴다.

그녀의 목적은 중원에 살고 있는 것이라면 사람이든 뭐든 깡그리 쓸어버리는 것이다.

그러므로 중원이 연파란의 천신국 세력에 대해서 반격한다 면 멸망할 것이로되 지상 최악의 처절한 멸망을 맞이하게 될 것이 분명하다.

*　　　　*　　　　*

중원으로 향하는 화운룡과 연파란의 이동 수단은 처음에 는 마차였는데 보름 후 중원 섬서성에 진입하고 나서는 준비 해 둔 배로 바뀌었다.

섬서성과 산서성의 접경 지역을 북에서 남으로 흐르는 거대 한 강 황하는 섬서성 중부 지역에서부터는 잔잔하기 때문에 배를 이용할 수가 있다.

화운룡이 탄 배는 중간급 크기에 갑판에는 삼 층 규모의 선실 두 채가 있으며 갑판 아래까지 모두 열다섯 개 방에 도 합 오십여 명이 타고 있는데, 그들은 연파란의 최측근과 하녀들, 배를 모는 수하들이다.

화운룡이 탄 배는 어느 누구의 방해도 받지 않고 넓은 황하의 물결을 따라 남쪽으로 항해하고 있다.

특수 제작한 배의 삼 층은 사방이 탁 트였고 세 개의 돛이 높게 달려 있어서 시야를 조금도 가리지 않았다.

그 삼 층의 누대에서 화운룡과 연파란은 술을 마시고 있다.

화운룡이 연파란의 전령으로 발탁된 지 오늘로써 이십오 일째가 되었다.

그동안 화운룡과 연파란은 믿어지지 않을 정도로 친한 사이가 되었다.

전령이 된 첫날 화운룡이 연파란에게 안마를 해주었을 때부터 두 사람은 급속도로 가까워졌다.

연파란은 백 년이 넘게 살았으면서 한 번도 안마라는 것을 받아본 적이 없었다.

그러니까 안마를 받다가 흥분하여 그 누군가에게 사랑해 달라고 말해본 적은 더더욱 없었다.

그때 그녀의 말투는 명령이었지만 사실은 애원이었다. 그 정도로 절박했었다.

화운룡이 명령을 들어주지 않았으나 그를 죽이지 못했다. 아니, 죽일 수가 없었다.

자신에게 최초로 시원한 안마를 해준 사람을, 사랑해 달라고 속마음을 내비친 사람을 죽이고 싶지 않았다. 그런 사람을 죽이면 평생 후회하게 될 것이다.

현재 화운룡은 연파란의 가장 가까운 최측근이고 속마음을 온통 다 내보일 수 있는 지인이며, 언젠가 한 번 기회가 되면 자신을 사랑해 달라고 명령이 아닌 진심 어린 부탁을 다시 한번 해보고 싶은 사내다.

화운룡과 연파란은 푹신하고 커다란 태사의에 나란히 앉아 있는 모습이다.

원래 연파란은 배가 나아가는 방향을 바라보며 앉았고 화운룡은 맞은편에 앉았었는데 그녀가 화운룡더러 앞을 가리지 말라면서 자신의 옆에 앉으라고 말했다.

사실 연파란이 앞을 가리지 말라고 하는 것은 핑계이고 화운룡을 가까이에 앉히고 싶었다.

늦게 배운 도둑질에 도낏자루 썩는 줄 모른다더니, 연파란은 한시도 화운룡과 떨어져 있고 싶지 않았다. 그녀는 화운룡이 그저 옆에 앉아 있기만 해도 좋은데 그는 그냥 앉아 있지 않고 꼭 안마를 해주었다.

지금 누대에서는 하녀들이 시중을 들고 있기 때문에 단둘이 은밀하게 있을 때처럼 행동할 수가 없다.

그렇다고 해서 연파란이 화운룡과 무슨 음탕한 짓거리를

하자는 것이 아니다.

그의 안마를 받고 싶고 또 그의 품에 안기거나 무릎을 베고 눕고 싶은 정도인데, 그런 광경을 하녀나 측근들에게 보이고 싶지 않은 것이다.

강바람이 차가운 편이라서 두 사람은 하체에 두툼한 담요를 덮고 있다.

그 아래에서 화운룡은 자신의 무릎에 올린 연파란의 두 다리를 안마하고 있는 중이다.

나란히 앉아 있기는 하지만 태사의가 워낙 큰 데다 연파란이 상체를 화운룡에게서 뚝 떨어뜨려 한쪽 끄트머리에 머리를 기대고 있는 자세라서 하녀들이 보면 두 사람이 따로 떨어져 앉아 있는 것 같을 것이다.

"아아……."

참으려고 했지만 연파란의 약간 벌어진 입술 사이로 가느다란 신음 소리가 새어나왔다.

화운룡이 주무르고 있는 허벅지가 너무 시원해서 뼈가 다 녹는 것 같은데 어떻게 신음 소리를 내지 않겠는가.

화운룡이 안마를 잘 하는 이유는 순전히 명천신기를 주입하기 때문이다.

"음… 술 마시자."

꽤 오랫동안 술 마시는 것을 잊고 있던 연파란이 탁자의 술잔으로 손을 뻗었다.

화운룡은 담요에서 한 손을 빼서 그녀의 손에 술잔을 쥐어주고 자신도 술잔을 들었다.

그가 연파란과 둘이서 대작을 하게 된 것은 꽤 오래된 일로 이십 일이 넘었다.

화운룡은 술을 좋아하는데 연파란도 그에 못지않은 술꾼이라서 자연스럽게 술을 마시게 되었다.

화운룡과 연파란이 여기까지 오는 동안 천신국과 중원 간의 싸움은 단 한 차례도 없었다.

화운룡과 연파란이 탄 배의 속도에 맞춰서 흑천성군 삼천 명과 강령혈대 삼만 명이 따르고 있으며, 그보다 후방에서 천신국의 주력 백삼십만 명이 진군하고 있다.

아무도 그들을 가로막거나 제지하지 못했다. 섬서성이 중원의 변방이라서 그런 것도 있겠지만 설사 중원 한복판이라고 해도 별반 다르지 않을 터이다.

대저 어느 뉘라서 천신국의 어마어마한 대세력을 막을 수 있겠는가.

연분홍이 누대에 올라와서 연파란에게 보고했다.

"폐하, 주 세력이 만리장성을 넘었다고 합니다."

"음."

연파란은 손에 술잔을 쥔 채 비스듬히 누워서 눈을 감고 고개를 끄떡였다.

그녀는 지금 시원함의 극치를 맛보고 있는 중이다. 화운룡의 커다란 손이 매끄럽고 보드라운 허벅지 맨살을 안마하면서 명천신기를 주입하고 있기 때문이다.

연파란은 원래 바지를 즐겨 입었지만 화운룡에게 처음 안마를 받은 다음 날부터는 치마를 입기 시작했다.

왜냐하면 화운룡의 커다란 두 손이 두툼한 바지 위에서 주무르는 것보다는 직접 맨살을 안마하는 느낌이 훨씬 더 좋기 때문이다.

연파란은 눈을 감은 채 중얼거렸다.

"첫 번째 현이 어디냐?"

"유림현(楡林縣)입니다."

"개 한 마리 남기지 말고 쓸어버려라."

"명을 받듭니다."

연파란의 큰딸인 연분홍은 공손히 허리를 굽히고는 조용히 물러갔다.

두 사람의 대화를 듣고 화운룡은 가슴이 철렁 내려앉았다. 천신국이 무혈 진격하는 줄 알고 그나마 안도하고 있는데 순전히 착각이다.

만리장성 안으로 진입하자마자 최초의 현을 개 한 마리 남기지 않고 전멸시키려 하고 있다.

유림현은 시작일 뿐이다. 천신국 백삼십만 세력은 여섯 개 방향에서 중원으로 향하고 있으므로 그들이 진격하는 곳은 현이든 마을이든 성이든 모조리 떼죽음을 당할 것이다.

'음, 어떻게 해서라도 막아야 한다……!'

이제부터 벌어질 어마어마한 살육을 막으려면 단 하나의 방법 밖에 없다. 연파란을 죽이는 것이다.

현재 화운룡은 옥봉과 항아, 연종초의 공력을 자신의 한 몸에 모두 지니고 있다.

보름 전에 세 명의 아내들과 한꺼번에 사랑을 나누면서 그녀들의 공력을 송두리째 받았으며 보름째인 아직까지도 사라지지 않았다.

옥봉의 말이 정확하게 맞아떨어졌다. 네 사람이 동시에 절정에 도달하는 순간에 네 사람이 해령경력을 발휘하여 심지공을 일으켜서 세 여자의 공력을 화운룡에게 준다는 계획이었는데 멋들어지게 성공했다.

그것으로 한 가지 고민은 해결됐고 연파란을 죽일 수 있는 최적의 기회를 잡는 일만 남았다.

옥봉은 화운룡더러 연파란을 죽일 수만 있다면 그녀와 사랑을 나누는 것마저도 불사하라고 주문했다.

아내인 그녀들 자신이 그것을 다 이해하겠다는데 화운룡으로서는 하등의 문제 될 일이 없다.

화운룡이 사랑하지도 않는, 아니, 오히려 증오하는 여자하고 정사를 해야 하는 것은 세 명의 아내들이 그 일을 용납하고 이해하겠다는 것에 비하면 아무것도 아니다.

　그런데 지난 보름 동안 화운룡은 연파란을 죽일 수 있는 기회를 잡지 못했다.

　다시 말해서 연파란이 그에게 자신을 사랑해 달라고 요구하지 않았다는 것이다.

　세 명의 아내가 이해를 하고 화운룡이 그러겠다고 결심을 하면 뭐 한다는 말인가.

　당사자인 연파란이 손을 내밀지 않는 데에는 화운룡으로서도 별 뾰족한 방법이 없다.

　방법이 없는 것이 아니다. 있지만 화운룡이 그 방법을 쓰지 않으려는 것이다.

　그것은 화운룡이 먼저 연파란을 유혹하거나 아니면 흥분시키는 것이다.

　처음에 그런 일은 절대로 일어나지 않을 것이라고 장담을 했었는데 지금은 그렇게 해서라도 연파란을 죽여야만 한다는 쪽으로 생각이 급변했다.

　그래서 화운룡이 아까부터 연파란의 허벅지 깊은 곳의 맨살을 안마하고 있는데 그녀는 눈을 감고 음미만 하고 있을 뿐 이십 일 전의 그때처럼 사랑해 달라는 요구를 하지 않았다.

사실 그녀는 그때나 지금이나 변하지 않았다. 화운룡의 안마를 여전히 즐기고 있는 이유는 시원해서 몸이 녹는 것 같고 그 과정이 지나면 극도의 흥분을 느끼기 때문이다.

그러면서도 그에게 사랑해 달라고 요구하지 않는 것은 그랬다가 또다시 거절당할까 봐 두려워하는 것이다.

처음하고 달리 화운룡은 연파란에게 그녀의 무공이나 금강불괴지체에 대해서 더 이상 묻지 않았다.

자신은 오로지 전력을 다해서 그녀를 급습하는 것뿐이고 그녀를 죽일 수 있을지 화운룡 자신이 죽을지의 결과는 하늘에 맡기는 것이다.

그러니까 연파란의 무공이 얼마나 고강한지 금강불괴지체가 파훼될지 말지는 관심이 없다. 그는 다만 죽을힘을 다해서 급습할 각오다.

"으음……."

그때 연파란이 눈을 꼭 감은 채 나직한 신음 소리를 흘렸다.

그녀의 몸이 뜨겁고 몸이 가늘게 떨리는 것으로 봐서 흥분한 것이 틀림없다.

문득 사내대장부가 여자 하나를 죽이기 위해서 흥분을 시키고 정사까지 해야만 하는 현실이 비참하게 여겨졌다.

그러나 그것이 냉엄한 현실이다. 비참해지는 자신이 싫어서 괜히 객기를 부리다가는 화운룡 한 사람 죽는 것이 문제가 아니라 천추에 한을 남기게 된다.

화운룡은 두 손을 조금 더 깊이 안으로 밀었다.

"아아……."

연파란이 다시 긴 신음 소리를 냈다.

화운룡은 무념무상의 상태에서 오로지 연파란을 성적으로 흥분시키는 안마에만 열중했다.

화운룡은 자신의 심신이 온통 너덜너덜해지고 있는 기분이 들었다.

그의 두 손은 연파란의 깊고 은밀한 부위를 아예 노골적으로 만지고 있는 중이다.

연파란은 엉덩이까지 화운룡의 허벅지에 얹은 채 눈을 꼭 감고 몸을 바들바들 떨면서 연신 신음을 토해내고 있다.

하녀들은 근처에 얼씬도 하지 말라고 진작 엄명을 내려두어서 이곳에는 화운룡과 연파란뿐이다.

"아아… 가복아……."

연파란이 손을 뻗어서 화운룡의 팔을 붙잡는데 손에서 열이 펄펄 났다.

화운룡은 손을 멈추지 않고 대답했다.

"네. 폐하."

"나 죽을 것 같다……."

"폐하."

"날 사랑해 주지 않으려면 내 몸에서 손을 떼라. 당장."

화운룡은 잠자코 있다가 조용히 손을 뗐다.

연파란이 눈을 뜨고 자세를 고쳐 앉으면서 붉어진 얼굴에 쓸쓸한 표정을 지었다.

"나쁜 놈, 달뜨게 만들어놓고서……."

화운룡은 조용히 속삭였다.

"침실로 가시죠."

"……."

연파란이 눈을 크게 뜨고 그를 쳐다보았다.

화운룡은 그녀를 가볍게 번쩍 안고 일어섰다.

"가복아."

"네. 폐하."

연파란은 화운룡을 불러놓고서 아무 말도 하지 않고 그의 어깨에 고개를 기댔다.

화운룡과 연파란이 선실 이 층의 침실로 들어간 지 반시진 쯤 지났을 때 사건이 터졌다.

퍼어억!

"아악!"

"으헉!"

물에 흠뻑 젖은 가죽으로 만든 북을 힘껏 때린 듯한 음향과 동시에 남녀의 비명 소리가 터졌다.

콰자자작!

그 직후 한 사람이 선실 삼 층 지붕을 뚫고 허공 까마득한 높이로 솟구쳤다.

*   *   *

이미 어둠이 짙게 깔린 밤하늘로 긴 포물선을 그으면서 날아간 화운룡은 강 동쪽의 산비탈에 추락했다.

우지직! 퍼퍽! 쿵!

그는 몇 개의 나뭇가지를 부러뜨리면서 이리저리 퉁겨지다가 땅에 모질게 떨어졌다.

"으음……."

그는 가슴이 갈가리 찢어지는 듯한 극심한 고통을 느끼면서 묵직한 신음을 토해냈다.

산비탈 낙엽 더미에 쓰러져 있는 그는 입에서 꾸역꾸역 검붉은 피를 흘리면서 몸을 뒤챘다.

조금 전에 그는 연파란의 일장에 가슴을 적중당하고 선실 이 층과 삼 층 천장을 한꺼번에 뚫고 이곳 산비탈까지 오십여 장이나 날아와서 쓰러졌다.

그는 계획했던 대로 연파랑과 사랑을 나누다가 그녀가 최고조의 절정에 도달했을 때 이천여 년에 달하는 전 공력을 모아서 공격을 가했었다.

그녀가 피하지 못하게 두 팔로 힘껏 끌어안은 상태에서 일초식으로 죽이기 위해서 맹공을 펼쳤다.

연파란은 온몸이 금강불괴지체라서 아무 곳이나 공격해서는 소용이 없다.

옥봉이 암시를 준 대로 사랑을 나누는 중에 남자의 신체 중에서 가장 강력한 그것으로 여자의 가장 연약하며 민감한 부위인 그곳에 이천여 년의 공력을 실어 여의백팔천을 무지막지하게 쏟아부었다.

그 순간 화운룡은 연파란이 죽었다고 생각했다.

그녀의 하체 깊은 곳에서 굉장한 폭발이 일어났으며 그가 발출한 여의백팔천 백여덟 줄기의 강기가 그녀의 하체에서 전신으로 뻗어나가면서 혈맥들을 닥치는 대로 파괴하는 것을 감지한 것이다.

화운룡은 그것으로 연파란이 죽었을 것이라고 판단했었다. 그녀의 은밀한 곳이 폭발했으며 그곳으로 피가 강물처럼 뿜어졌기 때문이다.

그런데 다음 순간 연파란이 쌍장으로 화운룡의 가슴 한복판을 정통으로 가격했다.

화운룡은 자신의 전력 급습으로 연파란이 즉사했을 것이라고 판단했는데 오판이었다.

어쨌든 그녀의 일장에 그는 선실 이 층과 삼 층 천장을 뚫고 오십여 장이나 날아가서 이곳에 추락한 것이다.

'크으으… 죽지 않았다는 말인가?'

화운룡은 키 큰 나무들 사이로 밤하늘을 올려다보면서 가슴을 들먹거렸다.

그는 누운 채 운공을 해보았다.

'으으……'

신음 소리가 목구멍을 넘으려는 것을 간신히 참았다.

열 호흡 동안 운공을 해본 결과 갈비뼈가 거의 박살 났지만 내상은 입지 않았다.

급습을 당한 연파란이 경황 중이라서 제대로 반격하지 못했기 때문일 것이다.

화운룡의 필생의 일격이 하체 은밀한 부위 속으로 파고들어서 즉사했을 것이라고 믿었던 연파란의 반격이라고 하기엔 지나치게 강했다.

설혹 연파란이 살았다고 해도 극심한 중상을 입었거나 움직이지 못하는 절망적인 형편일 것이다.

그러니까 화운룡이 직접 가서 그녀의 죽음을 확인하거나

숨통을 끊어야만 한다.

흑천성군들이 몰려들면 연파란의 숨통을 끊을 기회를 잃어 버리게 된다.

화운룡은 나무를 붙잡고 일어섰다.

"끙……."

그는 나무를 붙잡고 서서 다시 한번 운공을 해보았다.

여전히 가슴이 찢어질 것처럼 아프고 숨을 쉬기가 곤란할 정도다.

명천신기를 일으켜서 갈비뼈와 가벼운 내상을 치료하는 것과 동시에 밤하늘로 몸을 날렸다.

명천신기로 사분지 일각 정도만 치료하면 깨끗하게 낫겠지만 그럴 시간조차 아까웠다.

그 시간이면 연파랑이 무슨 수를 쓸 수도 있고 그녀가 중상을 입었다면 죽이고 훌쩍 떠날 수 있는 충분한 시간이다.

'우욱…….'

허공중에서 그는 왈칵 한 모금의 검붉은 피를 토해냈다. 호신막조차 치지 않은 상태에서 연파란의 일장을 맞았기에 충격이 컸다.

호신막을 칠 공력조차 남기지 않고 전 공력으로 연파란을 공격했는데도 죽지 않았다면 그녀는 진정 불사신이다.

일단 그는 명천신기가 상처를 치료하도록 하고는 강을 따라서 하류로 쏘아갔다.

연파란이 탄 배는 그리 멀리 가지 못했다.

화운룡이 강가의 산비탈에 추락하고 다시 배를 찾아 나선 시각이 길어야 다섯 호흡에 불과하기 때문이다.

화운룡은 선실 삼 층에 크게 뻥 뚫어진 구멍 옆에 기척 없이 내려섰다.

연파란에게 급습을 가해놓고서 다시 돌아온다는 것은 웬만한 강심장으로는 어림도 없는 일이다.

"폐하……."

"어디를 얼마나 다치신 것입니까?"

사람은 보이지 않는데 두 여자의 걱정스러운 목소리가 들렸다. 연조음과 연분홍이다.

"으음… 가복을 찾아서 데리고 와라."

연파란의 목소리가 들렸다.

그런데 중상을 입고 다 죽어가는 목소리가 아니라 분노를 겨우 참는 떨리는 목소리로 가복 즉, 화운룡을 데려오라고 한다.

"연가복이 폐하를 공격했습니까?"

"음, 아니다."

"그럼 연가복은 어디에 있습니까? 그자는 폐하와 같이 있지 않았습니까?"

"그는 갑자기 사라졌다. 어서 그를 찾아서 데려와라."

"잠시 기다리십시오. 수하들에게 지시하겠습니다."

"그러지 말고 너희가 직접 찾아라."

"명을 받듭니다."

화운룡은 뚫린 천장을 통해서 아래로 내려갔다.

슛…….

연파란은 침상에 누워서 이불을 덮고 얼굴만 내놓은 모습이고 연조음과 연분홍이 침상 가에 서 있는데 세 여자는 연가복 모습을 한 화운룡을 발견하고 제각기 다른 표정을 지었다.

"가복아……."

연파란이 복잡한 표정으로 화운룡을 바라보더니 연조음과 연분홍에게 손짓을 했다.

"너희는 나가 있어라."

화운룡은 우뚝 선 채 연조음, 연분홍에게는 시선조차 주지 않고 연파란만 주시했다.

두 여자가 나가자 연파란이 화운룡을 불렀다.

"가까이 와라."

화운룡은 망설이지 않고 침상 가로 걸어갔다.

지금은 참 묘한 상황이다. 조금 전까지 두 사람은 뜨겁게

사랑을 나누고 있다가 돌연 화운룡이 급습을 하여 연파란이
크게 다쳤다.

그런데도 그녀는 그 사실을 두 딸 연조음이나 연분홍에게
는 말하지 않았다.

뿐만 아니라 도망쳤던 화운룡이 다시 돌아왔는데도 화내지
않고 담담한 모습이다.

연파란은 착잡한 표정으로 화운룡을 바라보았다.

"왜 그랬느냐?"

화운룡은 대답하지 않고 이불을 젖혔다.

확!

연파란은 가볍게 움찔했으나 이불을 붙잡거나 하지 않고
가만히 있었다.

연파란의 드러난 모습을 보고 화운룡은 가볍게 이맛살을
찌푸렸다.

그녀는 여전히 벌거벗은 몸이며 하체가 온통 피범벅인 끔찍
한 모습이다.

연파란이 다시 물었다.

"왜 그랬지?"

그녀는 아무리 곰곰이 생각을 해봐도 연가복이 뜨겁게 사
랑을 나누는 도중에, 그것도 절정을 향해서 치닫고 있을 때
느닷없이 자신을 급습하여 이 지경으로 만들었다는 사실이

도저히 믿어지지 않았다.

연가복이 그럴 이유가 없기 때문이다. 그래서 연파란은 자신을 공격한 것이 연가복이 아니라 다른 자였을지도 모르고, 어쩌면 연가복이 누군가 암중 인물에게 정신이 제압됐는지도 모른다고 생각했다.

하지만 그녀는 한 가지 간과한 것이 있다. 이 넓은 천하에서 그녀에게 이 정도 치명상을 입힐 만한 초극고수가 거의 존재하지 않는다는 사실이다.

화운룡은 더 이상 연파란을 속이는 것이 자신을 비참하게 만든다고 생각했다.

"나는 연가복이 아니오."

상황이 이렇게 됐으므로 그는 연파란과 일대일로 싸울 수밖에 없다는 판단을 내렸다.

"가복이 아니라고?"

"그렇소."

"그럴 리가… 나를 속일 수는 없다. 너는 변장을 하지 않은 모습이다."

연파란이 제아무리 신의 눈을 지녔어도 화운룡의 이형변체 신공을 간파할 리가 없다.

역용을 찍어 바르거나 인피면구를 뒤집어쓴 것이 아니라 뼈와 근육 자체를 뒤틀어서 모습을 바꾸었기에 신이라고 해도 식별하지 못할 것이다.

스스으으……

화운룡은 이형변체신공을 풀고 본래의 절대 준수한 모습을 회복했다.

"……"

화운룡을 뚫어지게 주시하던 연파란은 놀라서 눈을 크게 뜨며 상체를 부스스 일으켰다.

"너… 는 누구냐?"

이 정도 일에 놀랄 연파란이 아니다. 그녀는 믿었던 연가복에게 졸지에 급습을 당했으며, 또한 그 연가복이 알고 보니까 생판 모르던 낯선 사내였다는 사실, 아니, 배신감 때문에 놀란 것이다.

화운룡은 조용한 목소리로 대답했다

"화운룡이오."

그렇게 말해서는 연파란이 알아들지 못할 것이다. 더구나 지금은 제정신을 차리기 어려운 상황이라서 화운룡의 말이 귀에 들어오지도 않았다.

그녀는 그저 눈앞에 서 있는 남자가 연가복이 아니라는 사실에 놀라고 있을 따름이다.

"내가 바로 비룡공자요."

연파란의 눈이 더 커졌다.

"네가⋯⋯."

연파란의 얼굴이 짧은 시간 동안 여러 차례 복잡하게 변했으나 잠시 후에 차분해졌다.

"네가 비룡공자로군."

그녀의 입술이 달싹거렸다. 무언가 할 말이 있는데 망설이는 것 같았다.

"날 사랑한 것이 아니겠지?"

화운룡은 흠칫했다. 설마 연파란이 그렇게 물을 줄은 예상하지 못했다.

사랑이라니, 그와 연파란 사이에 어떻게 그런 것이 존재할 수 있겠는가.

그래서 화운룡은 깨달았다. 연파란에게도 순진함이라는 것이 있다는 사실을 말이다.

하긴 그녀가 남녀 간의 미묘한 심리나 애타는 마음 같은 것을 알 리가 없다.

화운룡은 무미건조하게 대답했다.

"그렇소."

"그런데 어째서 나와 사랑을 나누었지? 순전히 날 죽이려는 목적 때문이었느냐?"

"그렇소."

"으음⋯⋯."

아무 소리도 나지 않았지만 화운룡은 그녀의 내심에서 배신의 거대한 둑이 굉음을 내면서 붕괴하는 소리를 들었다.

그는 자신이 그녀의 막내딸 연종초의 남편이라는 사실을 밝히지 않았다.

그러면 연파란을 더 비참하게 만들 테고 화운룡 자신은 그보다 더 비참해질 테니까 말이다.

그는 연파란과 정사를 한 것이 아니다. 지상최강의 적을 죽이기 위해서 편법을 썼을 뿐이다.

적을 죽이는 데에는 검이나 칼, 창 같은 무기가 필요하다. 화운룡은 그 시기에 가장 적절했던 자신만의 강력한 무기를 사용한 것이다.

화운룡은 그녀 앞에 우뚝 서서 정중하게 말했다.

"나는 당신과 일대일로 정정당당하게 싸우고 싶소."

연파란이 피식 웃었다.

"훗, 나를 이 꼴로 만들어놓고 말이냐?"

그렇게 말하고 있지만 이십 대 초반 나신의 그녀는 여전히 눈부시도록 아름다웠다.

스윽…….

연파란이 화운룡을 향해 침상에 걸터앉는데 두 손으로 침상을 짚고는 얼굴을 찌푸렸다.

"으음……."

화운룡은 즉시 두 손으로 그녀의 어깨를 잡아 부축했다.

이제 서로가 적으로 드러난 상황에 부축을 하다니 위험천
만한 행동이다.

第六章
일대일

　연파란은 가볍게 움찔하더니 고개를 돌려서 그를 바라보았다.

　그녀의 커다란 두 눈에 복잡한 감정이 얽혔다.

　"왜 이러는 거야?"

　"말하지 않았소? 정정당당하게 싸우고 싶다고."

　그녀는 연가복하고는 비교 자체가 되지 않을 정도로 준수한 용모의 화운룡을 말끄러미 바라보았다. 그것만으로도 가슴이 울렁거렸다.

　이유야 어쨌든 간에 화운룡은 조금 전까지만 해도 그녀와 뜨겁게 사랑을 나누었던 남자다.

연파란은 이상하게도 지금 이 순간에는 오로지 그것만 생각이 난다.

서로를 힘차게 부둥켜안은 채 너무나 좋아서 어쩔 줄 모르고 버둥거리던 그때의 그 상황만이 연파란의 머릿속에 가득했다.

그때 연파란은 난생처음 느껴보는 굉장한 절정의 쾌감에 빠져 있었다.

그러면서 행복했다. 돌이켜 보면 평생 한 번도 행복해 본 적이 없었는데, 화운룡과 사랑을 나눌 때는 아주 잠깐이지만 이대로 죽어도 좋다는 생각이 들었을 정도로 행복했었다. 자신이 그런 감정 상태가 되었다는 사실이 믿어지지 않았다.

그러면서 그녀는 사랑한다는 말을 수없이 외쳤고 실제 마음속으로는 죽을 때까지 연가복만을 사랑하겠노라고 몇 번이나 맹세했었다. 그 정도로 좋았기 때문이다.

그랬던 남자가 지금 그녀 옆에서 부축을 하고 있다. 그녀를 만졌던 그 손으로 말이다.

연파란은 화운룡을 바라보며 조용한 목소리로 말했다.

"아까 내가 일장을 갈겼는데 다치지 않았어?"

화운룡은 맥없이 피식 웃었다.

"누가 누굴 걱정하는 거요? 내가 먼저 당신을 급습했었는데 말이오."

"나는 견딜 만해."

화운룡이 앉아 있는 그녀의 하체를 보자 그녀도 시선을 아래로 향했다.

온통 시뻘건 피범벅인 하체와 핏물이 두 다리로 타고 내려 바닥에 고이고 있는 모습은 실제로 그녀가 얼마나 다쳤는가 하고는 별개로 몹시 처참해 보였다.

화운룡이 보고 있는 동안에도 피가 계속 흘러나왔다.

화운룡이 자신을 비룡공자라고 밝혔는데도 연파란은 전혀 적의를 드러내지 않았다.

상대가 연가복이든 아니면 비룡공자든 불과 반각 전에 그녀와 사랑을 나눈 연인이기 때문이다.

연파란은 사랑에, 아니, 정에 굶주린 여자인 것 같았다.

"나는 싸우고 싶지 않아."

그녀는 마치 연인에게 하듯이 온화하고도 애교 섞인 목소리로 다정하게 말했다.

화운룡은 지금 연파란이 사랑에 깊이 빠져 있다는 사실을 알고 있다.

그러나 그녀의 눈에 화운룡이 적으로 보이게 되는 순간 그녀는 냉정한 천신국의 천황으로 변할 것이다.

"우린 싸워야 하오."

"무엇 때문이지?"

"그대가 중원을 침략하고 있기 때문이오."

사실 연파란은 아까 화운룡의 급습으로 하체와 자궁이 완전히 파괴됐다.

그 때문에 앞으로 절대 여자로서의 기능을 할 수 없게 될 것이다. 즉, 월경이나 임신을 하지 못한다는 뜻이다.

연파란은 고개를 화운룡에게 기댔다.

"내가 중원 침공을 중지하고 천신국으로 돌아가면 너는 날 사랑할 거야? 나하고 죽을 때까지 같이 살 수 있겠어?"

화운룡은 쓸쓸한 표정을 지었다.

"그럴 수는 없소."

"이유가 뭐야?"

화운룡은 딱 잘라서 대답했다.

"나는 그대를 사랑하지 않소."

"……"

화운룡은 연파란에게서 손을 떼고 앞으로 걸어가서 그녀와 마주보고 섰다.

"그대가 전 세력을 이끌고 천신국으로 돌아가면 나는 싸우지 않고 즉시 떠나겠소."

연파란의 얼굴에 안타까움과 원망이 서렸다.

"나를 사랑하지 않는다면서 어째서 나더러 중원을 침공하지 말라는 것이지?"

그녀는 점차 사랑의 열병에서 깨어나기 시작했다. 화운룡이 그녀를 사랑하지 않는다고 말했기 때문이다. 하지만 그녀는 사랑을 포기할 생각이 없다.

화운룡이 자신을 사랑한다면 무엇이라도 기꺼이 할 용의가 있지만 사랑하지 않는다면 그의 말을 들어야 할 하등의 이유가 없다.

대신 이제부터 그녀의 뜻대로 할 것이다. 그녀는 사랑이란 쟁취하는 것이라는 사실을 지금 막 배웠다.

그런 그녀의 속마음을 알 길 없는 화운룡은 타이르듯이 조용히 말했다.

"현재 천신국이 중원을 지배하고 있잖소? 더구나 천신국 사람들도 중원으로 많이 이주해서 자리를 잡고 살고 있으니 구태여 중원을 침공해서 뭐 하겠소?"

"그게 무슨 헛소리냐? 어떤 천신국이 중원을 지배하고 있다는 말이냐?"

사랑에 대한 내용에서 벗어나자 연파란은 화운룡이 처음에 봤던 그 천황 연파란의 모습으로 돌아갔다.

화운룡이 보기에 연파란은 연종초의 천신국을 인정하지 않는 것 같았다.

그렇다면 더 이상 대화를 해봤자 아무런 소용이 없다. 그녀의 감정만 더 상하게 할 뿐이다. 그렇게 해서 화운룡에게 이 득 될 것이 없다.

화운룡은 고개를 끄떡였다.

"그렇다면 이제부터 우린 일대일로 싸우도록 합시다. 그대 는 어떤 방법으로 싸우길 원하오?"

화운룡은 일대일을 강조했다. 흑천성군이 끼어들면 골치 아 프기 때문이다.

연파란은 얼음처럼 차가운 눈빛으로 화운룡을 주시하면서 곱씹듯이 말했다.

"너를 제압해서 내 노예로 삼겠다."

화운룡은 미간을 찌푸렸다. 노예로 삼는다는 말 한마디로 그녀의 지금 심경을 알 수가 있다.

그녀는 화운룡을 포기하지 않았다. 그가 연가복이든 비룡 공자든 상관하지 않겠다는 뜻이다.

팔십여 년 만에 처음으로 뜨겁게 사랑을 나눈 남자면 그것 으로 이유가 충분하지 그게 연가복이든 화운룡이든 무슨 상 관이 있느냐는 것이다.

슥…….

침상 가에 걸터앉아 있던 연파란은 천천히 일어나서 화운 룡에게 걸어왔다.

"중원의 비룡공자, 너는 이제부터 갖고 있는 모든 재주를 다

부려봐라."

연파란은 천황의 모습을 완전히 회복했다.

"그래 봐야 어차피 내 노예가 되겠지만 내가 사랑하는 너에게 어떤 재롱이 있는지 알고 싶구나."

그녀는 나신으로 화운룡 세 걸음 앞에 우뚝 서 있으면서도 몸을 가릴 생각 같은 것은 하지 않았다. 세상의 어떤 사람이라도 그녀의 나신을 보면 천참만륙 갈가리 찢어죽이겠지만 화운룡은 아니다.

상체는 가녀리면서도 늘씬하고, 또 그러면서도 풍만하며, 하체는 피범벅인 상반된 모습으로 두 손을 허리에 얹고 차가운 눈빛으로 화운룡을 주시했다.

연파란이 세 걸음 앞에 섰지만 화운룡은 물러서지 않고 피하지도 않으며 그녀를 똑바로 주시했다.

그때 연파란이 두 팔을 양쪽으로 천천히 들어 올렸다.

파파아아!

순간 그녀의 하체에 묻어 있는 피가 사방으로 소나기처럼 뿜어졌다.

그것으로써 그녀의 몸에는 단 한 방울의 핏물도 묻어 있지 않았으며 하체에서는 더 이상 피가 흘러나오지 않았다. 그러고는 눈부신 새하얀 나신이 드러났다.

다음 순간 한쪽에 개어져 있는 옷이 그녀를 향해 이끌리듯이 날아왔다.

펄럭!

옷이 그녀의 앞쪽 허공에서 저절로 펼쳐지더니 두 팔을 벌리고 있는 그녀에게 입혀졌다.

아까 입었던 옷과 똑같은 오색의 상의에 바닥까지 끌리는 긴 치마를 입은 모습이다.

그녀는 차분한 얼굴로 화운룡을 바라보면서 새빨간 입술을 가볍게 나풀거렸다.

"화운룡이라고 했느냐?"

"그렇소."

"이름이 무엇이든 상관없다. 그리고 내가 널 사랑하는 것 또한 변함이 없다. 이제부터 너는 나만을 위해서 평생 내 곁에 있어야 할 것이다."

화운룡은 눈살을 찌푸렸다.

"그런 억지를……."

"네가 말로 해서는 듣지 않으므로 나는 너를 노예로 만들어서 내 곁에 두겠다."

화운룡은 물러서지 않는 대신 암암리에 이천삼백 년 전 공력을 끌어 올려서 싸움에 대비했다. 그렇지만 겉보기에는 그저 우뚝 서 있는 것 같았다.

화운룡은 연파란의 정확한 무공수위를 모르고 그녀 역시

화운룡의 무위를 모를 것이다.

사랑을 나누다가 한 차례씩 주고받은 급습과 반격으로는
상대의 수준을 아는 데 무리가 있다.

"운룡, 편하게 가자."

슥—

그때 연파란이 천천히 화운룡에게 왼손을 내밀었다. 그저
사랑하는 사람의 손을 한 번 잡아보기를 원하는 것처럼 자연
스러운 동작이다.

화운룡은 연파란의 그 동작에 무형의 가공할 흡인력이 내
재되어 있음을 감지했다.

그는 아주 잠깐 갈등했다. 이대로 공격할 것인가, 아니면 슬
쩍 붙잡혀 주고서 상대를 안심시키고는 그 즉시 맹공을 가할
것인가 하는 것이다.

연파란이 화운룡의 왼손을 잡았다.

그가 쉽게 손을 잡히자 연파란의 표정이 약간 풀어지며 부
드럽게 변했다. 그녀는 화운룡의 말과 행동 하나에 세심하게
반응하고 있다.

"운룡."

연파란이 안길 듯이 가깝게 다가왔다.

화운룡은 연파란의 왼손을 맞잡고서 도망치거나 피하지 못
하게 했다.

그러고는 오른손을 칼처럼 뾰족하게 세워서 그녀의 앙가슴을 맹렬하게 찔러갔다.

스읏…….

그 오른손에 이천삼백 년 전 공력이 실렸으며 동시에 여의칠천 여의백팔천이라는 도리천의 경천절학이 전개되었으나 겉으로는 그저 단순하게 손끝을 세워서 가슴 한복판을 찍으려는 것처럼 보일 뿐이다.

연파란은 화운룡이 자신의 왼손을 붙잡고 오른손으로 급습을 한다는 사실을 한발 늦게 간파했다.

아까 사랑을 나눌 때 화운룡의 급습에 하체와 자궁이 파괴된 연파란은 그의 무위를 어느 정도 짐작했었다.

하지만 그리 걱정하지는 않았다. 화운룡이 자신의 금강불괴지체를 깰 것이라고는 생각하지 않기 때문이다.

물론 하체 은밀한 곳은 금강불괴지체가 아니지만 화운룡이 또다시 그곳을 공격하지는 않을 것이라고 생각했다.

그렇지만 화운룡은 이천삼백 년 공력이 실린 여의백팔천이 금강불괴지체를 완벽하게 파훼하지는 못하더라도 어느 정도 손상은 입힐 것이라고 믿었다.

너무 가까운 거리였기에 화운룡의 손끝이 직접 연파란의 가슴 한복판을 찍었다.

쩌꺼껑!

허공을 격해서 강기를 발출한 것과 직접 손으로 표적을 가격한 것은 큰 차이가 있다.

물론 직접 가격했을 때의 충격이 절반 정도 더 크게 가중되는 것은 말할 것도 없다.

그 순간 쇠몽둥이로 거대한 철문을 거세게 두드린 것 같은 커다란 음향이 터졌으나 연파란의 비명 소리나 신음 소리는 나지 않았다.

그러나 화운룡은 자신의 손끝이 연파란의 가슴 속으로 두 치 정도 파고든 것을 감각적으로 간파했다. 검지와 중지가 갈비뼈가 쪼겠다.

여의백팔천은 한꺼번에 백팔 개의 강기를 백팔 방향으로 쏘아낼 수 있는 경이로운 수법이다.

그런데 그 백팔 개의 강기를 단 한 군데 손끝에 모아서 뿜어냈으니 그 위력이 어느 정도였겠는가.

무쇠 일 장 두께를 두부처럼 으깨 버릴 수 있는 위력인데 겨우 연파랑의 가슴 두 치를 뚫었을 뿐이다. 가히 그녀의 금강불괴지체가 어느 정도인지 짐작이 간다.

그러나 화운룡으로서는 여의백팔천으로 그녀의 금강불괴지체를 파훼했다는 의미가 크다.

그때 연파란의 오른손이 허공을 가르며 화운룡의 상체를 향해 쏘아왔다.

쉬잇!

화운룡의 왼손이 연파란의 왼손을 잡고 있으며 그의 오른손이 그녀의 가슴 한복판에 꽂혀 있으므로, 두 사람의 손 중에서 유일하게 자유로운 것이 그녀의 오른손이다.

연파란은 적잖이 놀랐다. 설마 화운룡이 자신의 금강불괴 지체를 파훼할 것이라고는 예상하지 못했기 때문이다.

그런데도 불구하고 그녀는 지금이라도 자신이 손을 쓰기만 하면 화운룡을 제압할 수 있을 것이라고 믿었다.

그래서 그녀는 지금 같은 상황에서도 그를 죽이려고 하지 않고 제압하려는 생각이다.

*   *   *

화운룡은 연파란의 왼손을 놓고 방어를 하려고 했으나 그녀가 왼손을 힘껏 움켜잡고 놓아주지 않았다.

그는 다급히 이혈폐맥(移穴閉脈)의 수법으로 상체 혈도들의 위치를 바꾸고 맥을 닫으면서 아울러 호신강기로 전신을 보호했다.

그와 동시에 연파란의 앙가슴 속에 파고들어 있는 오른손을 안으로 더 깊이 밀어 넣었다.

드득······.

그의 손가락이 그녀의 앙가슴 속 뼈를 부수면서 한 치 정도 더 쑤시고 들어갔다.

그 순간 그녀가 발출한 십여 줄기 지강(指罡)이 화운룡의 상체 십여 군데에 적중됐다.

퍼퍼퍼퍽!

"흐윽……!"

화운룡의 상체 정확하게 열두 곳에서 분수처럼 피가 튀었다. 이혈폐맥을 해서 지강이 혈맥에 적중되지는 않았으나 지강이 호신강기의 막을 파훼하고 들어와서 그냥 맨살과 뼈를 뚫은 것이다.

그 충격에 화운룡은 오른손이 연파란의 가슴에서 뽑혀 뒤로 퉁겨져 붕 날아갔다.

연파란은 가슴에서 피를 뿜으며 가볍게 비틀거렸으나 신음을 흘리지 않았다. 그 바람에 새로 갈아입은 그녀의 옷에 선혈이 낭자했다.

화운룡은 뒤로 날아가면서 오른손을 번개같이 휘둘러 허공을 몇 개로 켜켜이 잘랐다.

비유웅!

다섯 개의 투명한 강기가 가볍게 비틀거리는 연파랑을 향해 빛처럼 뿜어졌다.

여의육천인 여의관천(如意貫穿)이다. 관천이라고 하는 것은 전문적으로 도검불침을 뚫는 수법이다.

혹여 평소였다면 여의관천이 연파란의 금강불괴지체를 뚫지 못할지도 모른다.

그러나 지금은 그녀의 가슴이 뚫어져서 피를 뿜고 하체에도 가볍지 않은 충격을 입은 상태라서 금강불괴지체가 조금쯤 약해져 뚫릴지도 모른다고 판단했다.

금강불괴지체를 금종조나 철포삼처럼 외문무공으로 이루지 않고 공력으로 이루었다면, 지금 같은 상황에서는 금강불괴지체가 약해질 소지가 크다.

그런데 연파란이 피할 생각을 하지 않고 우뚝 선 채 양손 손목을 가볍게 뒤집었다.

씨익!

팽팽하게 잡아당긴 옷감을 손가락으로 문지를 때와 비슷한 음향이 흘렀다.

화운룡은 방금 여의관천을 전개한 직후라서 피하면 공격이 무위로 돌아간다.

그런데도 연파란은 피할 생각을 하지 않고 화운룡을 주시하며 공격하고 있다.

화운룡도 피하지 않았다. 그러고는 여의관천에 전 공력을 주입했다.

꽈우웅!

두 개의 공격이 격돌하자 파도처럼 거센 여파가 사방으로 밀려가며 선실을 가루로 만들어 버렸다.

뿌악!

퍼억!

"흐윽……!"

화운룡은 왼쪽 어깨가 짓이겨지는 것 같은 충격을 받고 상체가 뒤로 확 젖혀졌다.

그는 자신이 얼마나 다쳤는지보다는 연파란이 어떻게 됐는지가 더 궁금해서 재빨리 그녀를 쳐다보았다.

그녀는 오른쪽 가슴에서 줄줄 피를 흘리고 있었다. 방금 여의관천이 오른쪽 가슴을 뚫은 것이다.

원래 다섯 줄기 여의관천을 발출했으나 그중에 하나만 적중되었다. 어쨌든 하나라도 적중됐으니까 다행이다.

'됐다!'

그는 자신이 어떻게 됐는지는 돌보지 않고 그 즉시 재차 연파란의 머리를 겨냥하여 여의관천을 전개했다.

비유움!

이번에는 더 큰 충격을 입히기 위해서 다섯 줄기가 아닌 세 줄기를 발출했다.

두 사람의 싸움으로 이미 선실은 박살 나서 사방이 훤하게 트였으며 연조음과 연분홍을 비롯한 선부와 하녀들이 사방

멀찌감치 삼삼오오 모여서 지켜보고 있었다.

화운룡은 흑천성군이 모여들기 전에 연파란을 외부로 끌어
내야겠다고 마음먹었다.

그가 아까 추락했던 산비탈 쪽으로 가야겠다고 마음을 먹
는 순간 그의 모습이 그 자리에서 연기처럼 사라졌다.

그리고 한 호흡도 지나기 전에 그의 모습은 강 언덕 위에
나타났다.

그가 배에서 감쪽같이 사라졌지만 연파란은 조금도 놀라거
나 당황하지 않았다.

스으…….

그녀 모습도 흐릿해지는가 싶더니 화운룡 바로 뒤쪽에 나
타나서 그가 날아가는 방향으로 구름처럼 흐르듯 비행했다.

화운룡은 멈추지 않고 한 마리 독수리처럼 유유히 날아서
몇 개의 산을 넘어갔다.

연파란은 그가 도주하는 것이 아니라는 사실을 깨닫고 조
급하게 서둘지 않고 뒤따랐다.

화운룡은 황하로부터 동쪽으로 이십여 리 떨어진 깊은 산
속의 어느 공터에 내려섰다.

연파란은 그의 맞은편 이 장 거리에 마주 보는 자세로 내려
서서 그를 바라보았다.

화운룡은 연파란의 상처가 이미 깨끗하게 완치됐다는 사실을 깨달았다.

그것을 알아내려고 옷을 벗기고 일일이 상처를 살펴볼 필요까진 없다.

그저 겉으로 한 번 슬쩍 보면 알 수가 있다. 이때쯤 화운룡의 상처도 말끔히 치료가 됐으므로 연파란의 상처가 치료된 것이 어째서 이상한 일이겠는가.

연파란은 묘한 표정을 지었다.

"운룡, 예상 외로 고강하구나."

그녀는 화운룡이 절정고수 수준일 것이라고 여겼었는데 막상 손속을 나누어보니까 자신과 수십 초식을 겨룰 수 있을 정도의 초극고수라고 가늠했다.

그렇다고 해도 결국에 가서는 자신에게 제압될 수밖에 없다고 생각했다.

자신을 능가하는 인물은 하늘 아래 단 한 명도 존재하지 않는다고 확신하기 때문이다.

"너의 사문은 어디냐?"

화운룡은 연파란이 정말로 궁금해서 묻는 것이 아니라는 사실을 알고 있지만 대답했다.

"천중인계요."

연파란은 뜻밖이라는 표정을 지었다.

"호오… 그럼 너는 사신천가 중에 어느 가문이냐?"

"사신천제요."

연파란은 '어?' 하는 표정을 짓고는 잠시 말을 잃었다가 재미있다는 표정을 지었다.

"네 사부가 솔천사냐?"

"그렇소."

화운룡은 문득 솔천사의 죽음이 생각났다. 그는 천외신계 십존왕의 합공에 중상을 입고 팔창산을 헤매다가 끝내 화운룡에게 공력을 남겨주고 죽었다.

연파란은 희미하게 미소 지었다.

"솔천사가 전인을 남기기 전에 죽이라고 명령했건만 결국 네가 그자의 뒤를 이었구나."

화운룡은 미간을 좁혔다.

"그대가 솔천사를 죽이라고 명령했다는 것이오?"

"그래. 내가 그랬어."

"그것은 천여황의 명령이 아니었소?"

연파란은 피식 웃었다.

"천여황은 내 막내딸이다. 그 아이는 내가 시키는 대로 따랐을 뿐이지."

"그랬던 것이오?"

화운룡은 자신이 연종초를 알고 있을 뿐만 아니라 그녀의

남편이라는 사실을 일부러 밝히지 않았다. 그래 봐야 역효과
만 날 뿐이다.

지금은 연파란이 우쭐거리게 내버려 두는 것이 좋다. 그러
다 보면 방심이나 실수를 할 수도 있다.

연파란은 고개를 끄떡였다.

"말객 연가복인 줄만 알았던 네가 천중인계 사신천제일 줄
은 예상하지 못했다. 너를 노예로 삼아야 하는 이유가 한 가
지 더 생겼군."

화운룡은 암암리에 공력을 극한으로 끌어 올렸다. 조금 전
배에서 싸우다가 다친 상처는 이미 명천신기로 깨끗하게 치료
가 끝난 상태다.

연파란하고 일대일로 잠시 싸워본 결과 한 번 해볼 만한 것
같았다.

"너는 또 다른 신분이 있느냐?"

화운룡은 문득 천여황 즉, 연종초가 십절무황을 포섭하려
고 했던 일이 기억났다.

"십절무황을 포섭하라고 했던 것도 그대의 명령이었소?"

연파란은 처음으로 놀라는 표정을 지었다.

"설마… 네가 십절무황이라는 말이냐?"

화운룡은 순순히 인정했다.

"그렇소."

"음……."

그런데 뜻밖에도 연파란은 심각한 표정을 짓더니 무거운 신음을 흘렸다.

화운룡이 십절무황이라고 인정한 것은 그가 미래에서 온 사실을 인정한다는 뜻이므로 결코 간단한 일이 아니다.

연파란도 미래에서 왔으므로 십절무황이라는 별호를 알고 있을 가능성이 크다.

미래 오십 년 후에는 십절무황이라는 별호가 무림사 이래 가장 찬란하게 빛났기 때문이다.

"어떻게 이런 일이……."

그런데 연파란이 심상치 않다. 그녀는 비틀거리면서 뒤로 주춤주춤 물러섰다.

화운룡은 그녀가 정도 이상으로 놀라고 또 기이한 반응을 보이는 것이 이상했다.

'내가 모르는 뭔가가 있군.'

그런 생각이 번쩍 떠올랐다.

연종초는 삼 년여 전부터 십존왕들에게 십존왕을 포섭하라고 몇 번에 걸쳐서 명령했다.

이후 화운룡이 연종초와 가까워지고 나서 그 이유를 물었더니 자신은 모른다고 대답했었다.

화운룡은 연파란에게서 시선을 떼지 않고 물었다.

"나를 아오?"

지금의 비룡공자가 아닌 십절무황을 아느냐는 물음이고 연파란은 제대로 알아들었다.

그렇지만 그녀는 대답하지 않았다.

화운룡은 그녀의 속을 훤하게 꿰뚫어 보았다. 그녀가 십절무황을 안다고 하면 미래에서 어떤 형태로든지 그의 수하였다는 뜻이다.

화운룡은 그녀를 똑바로 주시하며 자신의 숱한 기억들 속에서 그녀를 기억해 내려고 애썼다.

연파란은 화운룡을 쳐다보다가 그와 시선이 마주치자 급히 눈을 내리깔았다.

'분명히 뭐가 있다.'

방금 연파란이 보인 짧은 행동은 두려움과 당황함이 분명하다. 그것은 미래의 그녀가 십절무황을 두려워하는 신분이었다는 뜻이다.

화운룡은 그의 최측근과 측근들은 물론이고 구주팔황의 무수한 인물들에 대해서 거의 다 알고 있다.

그의 기억은 매우 뛰어나서 그와 웬만한 관계가 있는 사람이라면 절대로 잊지 않았다.

그런데 연파란의 얼굴은 매우 낯설다. 미래든 현재든 어디에서도 본 기억이 없다.

'도대체 누군가?'

화운룡은 연파란을 향해 천천히 걸어갔다. 그녀가 어떻게 나오는지 반응을 보려는 것이다.

조금 전까지는 연파란이 칼자루를 쥐고 있었지만 지금은 칼자루가 화운룡에게 넘어오는 듯한 분위기다.

그런데 그가 다가가는 것을 발견한 연파란이 움찔 놀라더니 그가 다가가는 것보다 더 빠르고도 멀리 물러나고 있는 것이 아닌가.

"멈춰라."

그가 하대로 명령하자 놀랍게도 물러나던 연파란이 그 자리에 뚝 멈췄다.

그녀가 두려워하면 할수록, 그리고 화운룡의 명령에 순종하면 할수록 미래에서 그녀는 십절무황에게 절대적으로 맹종했다는 뜻이 아니겠는가.

연파란은 멈춰서 두 손으로 상의 옷자락을 만지작거리며 초조한 표정으로 화운룡을 바라보았다.

화운룡이 천천히 걸음을 옮기자 그녀가 또다시 주춤 물러나려고 했다.

"멈추라고 했다!"

화운룡이 쩌렁하게 호통치자 연파란은 화들짝 놀라서 그 자리에 멈춘 채 눈을 커다랗게 뜨고 그를 바라보았다.

커다란 두 눈의 동공이 커졌다 작아졌다 반복하면서 이리 저리 분주하게 굴렀다.

과거인 현재에 연파란은 자신이 천상천하유아독존이라고 생각하면서도 십절무황 앞에서는 고양이 앞의 쥐 같은 모습을 보이고 있다.

바스락… 바삭…….

화운룡은 일부러 낙엽 밟는 소리를 내면서 천천히 다가갔다.

그러면서 그의 전신에서 어느 누구도 흉내조차 내지 못할 가공할 기도가 해일처럼 와르르 뿜어졌다.

미래에 산천초목을 떨게 만든 십절무황의 개세적인 기도다.

그 앞에 선 연파란은 자신도 모르게 몸을 후드득 떨면서 나직한 신음 소리를 흘려냈다.

"아아……."

*   *   *

화운룡은 연파란이 미래에 자신과 특별한 관계가 있을 것이라고 확신했다.

그녀는 또렷이 기억하고 있는데 그는 기억하지 못하는 기묘한 관계 말이다.

화운룡은 자신보다 머리 하나가 작은 연파란을 굽어보며
조용한 목소리로 물었다.

"너는 누구냐?"

그것은 십절무황의 물음, 아니, 하문(下問)이다.

입장이 완전히 뒤바뀌었다. 화운룡은 위에 연파란은 저 아
래에 있다.

연파란은 후드득 몸을 떨더니 마른침을 삼키고는 화운룡
을 바라보았다.

"저는……."

그러다가 그녀는 문득 눈앞에 서 있는 사내가 비룡공자 화
운룡이라는 사실을 떠올렸다.

그렇지만 곧 비룡공자가 자신처럼 미래에서 왔으며 그가 십
절무황이라는 사실은 변함이 없다는 사실을 깨달았다.

사실 모든 열쇠는 십절무황이 쥐고 있다. 그는 그것을 기억
하지 못할 뿐이다.

연파란이 복잡한 표정으로 되물었다.

"저를 모르시겠어요?"

화운룡은 고개를 가로저었다.

"모른다. 누구냐?"

기억하지 못하는 것은 모르기 때문이다.

연파란의 표정이 더욱 복잡해지더니 잠시 후에 차분해

졌다.

"그렇다면 모르고 계시는 것으로 하세요. 나중에 제가 누군지 기억이 나신다면 그때는 늦겠죠."

"네가 누구냐고 물었다."

화운룡이 엄한 표정을 지었으나 이때부터 연파란은 빠르게 본래의 모습으로 돌아갔다.

"아실 필요 없어요."

"뭐라?"

연파란은 정중하게 고개를 숙였다.

"돌아가십시오."

"나를 놔준다는 것이냐?"

화운룡을 사랑하니까 노예로 삼아서 자신의 곁에 두겠다고 했으면서 돌아가라고 하는 연파란이다.

"천신국으로 돌아가라."

"……"

"명령이다. 돌아가라."

연파란은 복잡한 표정이더니 고개를 가로저었다.

"그럴 수는 없습니다."

"어째서냐?"

연파란은 입술을 잘근잘근 깨물었다.

"기억 못 하시는 건가요?"

"무엇을 말이냐?"

"저를 과거로 보낸 분이 바로 당신이셨잖아요."

"……"

화운룡은 미간을 잔뜩 좁혔다.

"내가 널 보내?"

연파란은 원망하듯이 화운룡은 바라보았다.

"제가 멸망한 고구려와 연씨 가문에 대해서 말씀드렸더니 무황께서 과거로 가서 바로잡으라고 충고하시며 길을 열어주셨어요."

"내가?"

"네."

"내가 너에게 어떻게 길을 열어주었다는 말이냐?"

"쌍념절통이에요."

"쌍념절통……"

화운룡은 어이없는 표정을 지었다. 그는 우화등선을 하려다가 뭔가 착오가 발생해서 과거로 회귀했었다.

이후 과거의 장하문을 만나서 그에게 쌍념절통이라는 말을 처음 들었다.

그런데 미래에 있는 연파란이 어떻게 쌍념절통을 알고서 과거로 회귀할 수 있었다는 말인가.

그는 연파란을 쏘아보았다.

"헛소리를 지껄이는구나."

연파란은 복잡한 표정을 지으며 화운룡을 바라보았다. 그녀는 모든 것을 밝힐 것인지 아니면 함구할 것인지를 잠시 동안 갈등했다.

'어떻게 해야 하나……'

그렇지만 길게 생각할 것도 없이 결론을 내렸다. 모든 것을 밝힌다면 십절무황은 연파란을 제지하여 중원 정벌을 못 하게 막을 것이다.

지금도 중원 정벌을 막고 있지만 자세한 미래의 사정에 대해서 모르는 상태니까 밀어붙이면 된다.

그러나 연파란이 설명을 해서 미래에 대하여 자세히 알고 난 다음에 중원 정벌을 제지하면 연파란으로서는 그의 말을 들을 수밖에 없다.

중원 정벌을 포기할 수는 없다. 그것은 연파란더러 죽으라고 하는 말이나 다름이 없다.

연종초가 중원을 지배하는 방식을 연파란이 탐탁하지 않게 여기는 것도 다 이유가 있다.

연종초가 평화적인 방법으로 중원을 잘 지배하는 것 같지만 세월이 흐르면 반드시 상황이 변한다.

연파란은 중원의 주인 한족이라는 족속에 대해서 너무나도 잘 알고 있다.

지금은 천신국이 중원을 정벌한 지 얼마 지나지 않았고 또 연종초가 더없이 평화롭게 다스리는 덕분에 한족들이 잠자코 있는 것뿐이다.

한족이 자신들과 조금이라도 다른 이민족들에 대해서 얼마나 잔인하고 가차 없는지에 대해서는 구구한 설명이 필요하지 않으며 그저 몇백 년 역사를 돌이켜 보면 된다.

한족이 중원에 나라를 세웠을 때에는 변방의 이민족들을 끝없이 토벌하고 못살게 굴었으며, 어쩌다가 이민족이 중원에 나라를 세운 경우에는 빼앗긴 나라를 되찾겠다면서 천하 도처에서 난리를 피우며 이민족들을 괴롭힌다.

그러니까 한족은 이래도 저래도 이민족을 죽이고 괴롭혀야만 직성이 풀리는 족속인 것이다.

그렇기 때문에 중원에서 고구려를 비롯한 여러 민족들이 융화하여 수백 년 동안 잘 지내려면 이민족 국가, 그중에서도 고구려가 주축이 된 강력한 국가를 세워야만 한다.

그래야지만 강력한 국가의 제도 안에서 한족이 이민족을 괴롭히지 않고 같이 어울려서 잘살게 되는 것이다.

연파란이 봤을 때 화운룡은 미래에서 과거로 오기만 했을 뿐이지 다시 미래로 돌아가지는 않은 것 같다.

그가 두 번째 과거로 왔다면 연파란을 알아보지 못할 리가 없는 것이다.

결국 연파란은 화운룡에게 아무 말도 해주지 않기로 결론을 내렸다.

십절무황에게 목숨을 바쳐서 충성할 것을 맹세했었지만 그가 그것을 기억하지 못한다면 굳이 지킬 이유가 없다.

연파란은 화운룡을 똑바로 직시했다.

"지금 즉시 이곳을 떠나세요."

화운룡은 자신이 궁금하게 여기는 것에 대해서 연파란이 설명하지 않기로 결심했음을 알아차렸다.

"떠나지 않겠다면 어쩌겠느냐?"

연파란이 미래에서 화운룡에게 복속한 세력 즉, 연신가의 가주였던 것은 분명하다.

그랬는데도 불구하고, 또한 화운룡이 십절무황이라는 사실을 알게 됐으면서도 명령에 불복하겠다는 것은 그만큼 중원 침공이 중요하기 때문이다.

연파란이 차분하게 말했다.

"그렇다면 당신을 죽일 수밖에 없어요."

화운룡이 십절무황이라는 사실을 몰랐을 때는 사랑하는 그를 노예로 삼아서 평생 곁에 두려고 했으나 지금은 그럴 수가 없다. 십절무황을 노예로 삼을 수는 없기 때문이다.

완전히 결심을 굳힌 연파란은 전면의 화운룡을 응시하면서 두 팔을 벌려 보였다.

"당신은 싸울 준비를 하세요."

"너……."

화운룡은 발끈했으나 단지 그것뿐, 곧 마음을 가라앉히고 연파란 말처럼 싸울 준비를 했다.

무턱대고 연파란을 탓할 수만은 없다. 그가 연파란이라고 해도 지금 상황에서 중원 침공을 그만두고 물러가거나 그가 궁금하게 여기는 것에 대해서 친절하게 설명해 주지는 않을 것이기 때문이다.

이젠 싸워서 이기는 것이 문제가 아니다. 어떡하든지 연파란을 제압해서 미래의 그녀 신분이 무엇이며 화운룡이 어떻게 길을 열어주었는지를 알아내야만 한다.

꽈릉!

엄청난 폭음과 함께 화운룡과 연파란은 각각 뒤로 서너 걸음씩 물러났다.

두 사람은 이미 이백여 초를 싸웠는데도 아직 승부를 내지 못하고 있다.

두 사람이 싸우던 산속의 아담한 공터는 뿌리째 뽑히고 부러진 수백 그루 나무들과 박살 난 바위들로 인해서 난장판이 됐으며 주위가 원래보다 몇 배나 더 넓어졌다.

이즈음 연파란은 크게 놀라고 있다. 싸움을 시작하면 몇 초식 만에 화운룡을 제압할 수 있을 것이라고 확신했는데 이 백여 초 이상 길어지자 화운룡을 달리 본 것이다.

미래의 십절무황이라고 해도 현재 연파란에게는 십초식도 버티지 못할 터이다.

'사신천제가 이처럼 고강하다는 말인가?'

화운룡은 여의칠천을 골고루 전개했으며 연파란은 천금성력을 전력으로 전개하여 팽팽한 접전을 이루고 있다.

화운룡은 옥봉과 항아, 연종초의 공력을 자신의 한 몸에 모았기에 이처럼 고강할 수 있지만 연파란은 어째서 이처럼 고강할 수 있는지 이해가 되지 않았다.

연파란은 이 싸움을 시작한 이백여 초 동안 내내 천금성력을 전개했다.

천금성력이 그녀가 배운 무공 중에서 최강이라서 그보다 약한 무공을 사용할 수가 없었다.

천금성력은 뭐라고 몇 마디 말로 표현할 수 없을 만큼 극강이기 때문에 화운룡은 한순간도 방심하지 못하고 전력을 다해서 맞서 싸웠다.

이백여 초를 싸워본 결과 화운룡이 냉정하게 봤을 때 천금성력이 여의칠천보다 미세한 차이로 고강했다.

미세한 차이의 열세를 화운룡이 악착같이 메우고 있기에 연파란과 팽팽한 평수를 이룰 수 있었다.

만약 그 열세를 메우지 못하거나 그 사실을 연파란이 알아차린다면 전세는 급변할 수 있다. 물론 화운룡이 불리한 쪽으로 말이다.

연파란은 십 성(十成) 전력으로 싸우고 화운룡은 십이 성(十二成) 전력 이상으로 싸우고 있다.

한 사람이 지니고 있는 공력이나 능력 모두를 합친 전력을 십 성이라고 한다.

그러니까 십이 성이라는 것은 전력 십 성에다가 존재하지도 않는 이 성(二成)의 공력과 능력을 더 보탠 것이다. 그렇게 해야지만 미세한 열세를 보완할 수 있기 때문이다.

같은 십 성이라고 해도 화운룡의 십 성이 미세하게 열세인 탓에 억지로 이 성을 더 쥐어짜내지 않으면 금세 패색이 짙어지고 말 것이다.

그런 형편이기 때문에 싸움이 시작되고 이백여 초를 나누는 동안 화운룡은 변변한 공격을 해보지 못했다.

평수를 이루기 위해서 없는 이 성을 더 쥐어짜내느라 골몰하기 때문이다.

"……!"

화운룡이 방금 상체를 기울여서 피해 빗나간 연파란의 신력(神力)이 다시 등 쪽으로 쇄도하는 기척을 감지했다.

이백여 초를 싸우는 동안 이런 경우는 한 번도 없었다. 공격을 막아내거나 피하면 그만이었는데 이것은 빗나갔다가 다시 되돌아와 후방을 공격하고 있다.

강기보다 서너 배 더 강력한 것을 신력이라고 하며 무림에서는 거의 사용하는 사람이 없다. 능력이 안 되기 때문이다.

또한 신력은 극강하다는 이유 때문에 직진성(直進性)이 강해서 휘어진다든지 회전하는 경우가 전무하다.

또한 연파란은 화운룡 등 뒤를 공격하는 초식하고는 별개로 전혀 다른 공격을 전면에서 전개하고 있다.

'이런 말도 안 되는……'

공격이라는 것은 끈처럼 연결된 것이어서 놓아버리면 그것으로 끝이다.

즉, 공력을 계속 이어주지 않으면 더 이상 공격이 성립되지 않는다는 것이다.

초극고수 수준이라면 두 손으로 각각 다른 공격을 전개할 수는 있다.

그러나 지금처럼 하나의 공격을 아예 놓아버리고 새로운 공격을 전개하는데, 놓아버린 공격이 여전히 생명력을 지닌 채혼자서 독자적인 공격을 이행하는 경우는 결단코 없다.

어쨌든 말도 안 되는 공격이 지금 화운룡을 전후에서 가공하게 압박하고 있다.

쓰우웃!

연파란이 전면에서 전개하는 공격은 이백여 초를 나누는 동안 대여섯 차례 시전했던 것이다.

그 공격이 전개되면 공간이 쪼개진다. 공격이 하나면 공간이 두 개로 쪼개지고 두 개의 공격이면 네 개의 공간으로 갈라지는 것이다.

지금 연파란이 전방에서 전개하고 있는 것이 바로 그 공간을 쪼개는 공격이다.

그런데 도합 여섯 줄기다. 그러니까 공간이 열두 개로 쪼개져서 일렁거린다.

무슨 얘기냐 하면 화운룡 전면에서 뿜어오는 여러 색깔의 여섯 줄기의 신력이 허공 즉, 공간을 켜켜이 열두 개로 나누었다는 것이다.

그것을 피하려면 화운룡이 열두 개의 공간들 중에 한 곳으로 몸을 피해야만 한다.

그런데 너무 촘촘하게 공간이 쪼개져 버린 탓에 어디 마땅히 피할 곳이 없다.

第七章

절체절명(絶體絶命)의 순간

　연파란의 전면에서의 공격은 주위 오 장 이내를 온통 뒤덮고 있으므로 화운룡으로서는 피할 곳이 없다.

　더구나 후방에서도 무서운 공격이 그물을 펼친 것처럼 휘몰아쳐 오고 있다.

　그때 문득 화운룡의 뇌리를 번쩍 스치는 것이 있었다. 연파란이 화운룡의 행동을 미리 다 알고 있는 것 같다는 느낌이 든 것이다.

　일대일 싸움을 하는 데 있어서 상대가 어떻게 할지 미리 다 알고 있다면 무조건 이길 수 있다.

화운룡은 연파랑과 싸움을 시작한 이후 이백여 초 동안 한 사코 여의칠천만을 전개했었다.

그런데 화운룡이 다음에 어떤 초식을 어떻게 사용할지 미리 알고 있다면 이 싸움은 해보나 마나다.

'설마……'

연파란이 여의칠천을 알고 있을 리가 없다. 그런데도 불구하고 만약 그녀가 여의칠천을 훤히 알고 있다면 한 가지 가설이 성립된다.

칠백여 년 전에 도리천에 들어갔었던 연진외가 여의칠천을 배웠으며 그것을 후손에게 남긴 것이다.

그것을 연파란이 배웠다고 하면 얘기가 된다. 그렇다고 해도 여전히 믿어지지 않는 일이지만 말이다.

촌각을 백으로 나눈 찰나에 그런 생각이 퍼뜩 뇌리를 스쳤지만 화운룡으로서는 코앞에 닥친 위기를 넘기는 것이 우선급선무다.

연파란이 여의칠천을 다 알고 있다면 이미 그것까지 다 계산하고 공격을 하는 것일 게다.

그러니까 화운룡이 지금 여의칠천으로 반격을 하는 것은 어리석은 일이다.

연파란의 공격은 호신강기를 깨기 때문에 피하지 못한다면 즉사를 면하지 못한다.

이 정도의 가공한 공격이라면 중상이 문제가 아니라 시체조차 찾지 못한 채 즉사하고 말 것이다.

그런데 여의칠천 말고는 어떤 수법을 써야 할지 대책이 서지 않았다.

화운룡은 자신이 이런 식으로 절체절명의 상황에 처하게 될 줄은 추호도 예상하지 못했었다.

연파란이 전방과 후방에서 양면 공격을 퍼붓는 반 호흡밖에 안 되는 짧은 순간이지만, 화운룡에게는 시간이 멈춘 것만 같았으며 머릿속에서는 무수한 생각들이 교차했다.

'여의칠천을 버리자.'

그렇게 생각하려고 하지 않았는데 문득 그런 생각이 마치 남의 일처럼 떠올랐다.

투우…….

그러더니 그의 몸에서 푸른빛을 띤 기운이 출렁! 하고 뿜어져 나갔다.

'이것은…….'

어이없는 일이지만 그는 그 수법이 전개되고 나서야 그것이 무엇인지 깨달았다.

그가 여의칠천을 포기하겠다고 마음먹자 그가 인지하기도 전에 몸이 알아서 반응했다.

그가 알고 있는 수많은 수법 중에 하나인 쇄편탄류(碎片彈流)라는 초식이다.

그 수법은 공격해 오는 적의 도검을 맞춰서 잘게 부숴 흩뿌려 많은 적들을 살상하는 것이다.

화운룡이 알고 있는 최고의 절학 여의칠천이나 연파란의 천금성력하고는 비교할 수 없지만 그가 창안해 낸 특수한 수법인 것은 사실이다.

그것이 화운룡의 의지하고는 상관없이 느닷없이 튀어나간 것이다.

다음 순간 그의 몸에서 파도처럼 뿜어진 푸른빛의 기운이 마치 살얼음이 깨지듯이 쪼개지면서 허공 수십 군데로 거미줄처럼 쏘아갔다.

쩌러러렁!

그러더니 화운룡의 전면과 후방 삼십여 군데에서 푸른 불꽃이 튀면서 날카로운 음향이 터졌다.

연파란이 발출한 공격을 푸른 불꽃이 모두 막아냈으며 불과 한 자 반 거리에서 벌어진 일이다.

아니, 도합 삼십이 개의 공격이었는데 푸른 불꽃은 하나를 막아내지 못했다.

팍!

그리고 후방에서 쏘아온 무형의 비늘처럼 얇고 날카로운 그것이 화운룡의 등 한가운데를 관통했다.

퍼억…….

가슴이 뚫리면서 피가 푸욱! 하고 뿜어졌다.

그러나 화운룡은 신음 한마디 흘리지 않고 비틀거리지도 않았다.

연파란이 쉴 틈 없이 재차 공격해 오고 있어서 그럴 겨를이 없기 때문이다.

'여의칠천이 아닌데도 먹혔다.'

방금 전에 전후에서의 무지막지한 공격을 막아낸 것은 도리천이나 사신천제의 무공이 아니고 화운룡 자신이 창안해 낸 순수한 그의 성명무공이다.

그는 또 한 가지 사실을 깨달았다.

'도리천 최고의 절학을 전개하면 안 된다.'

연파란이 어떻게 도리천의 절학들을 알고 있는지 모르지만 지금 그녀를 상대하려면 도리천의 최고절학이 아닌 그녀가 모르는 무공을 사용해야 한다는 것이다.

큐우웅!

연파란은 줄곧 천금성력으로만 공격을 퍼붓고 있는 중이다.

화운룡은 천금성력에 대해서는 전혀 모르지만 이백여 초를 싸워보고는 그것의 위력이나 행태, 순서 등에 대해서 잘 알게 되었다.

천금성력은 크게 세 개의 초식이 있다. 첫째가 검법이고 두 번째가 장공(掌功), 세 번째는 지공(指功)이다.

그저 검법, 장공, 지공이라고 하면 평범한 초식인 것 같다. 하지만 분류를 하자면 그렇다는 것이지 막상 전개되면 천지개벽할 위력이 발휘된다.

이번에 연파란이 전개하고 있는 초식은 장공이다. 장풍보다 한 단계 위를 장공이라고 하는데 이것은 장풍보다 열 단계 정도 위인 것 같다.

최초에 연파란이 화운룡을 향해 슬쩍 손목을 뒤집어서 장공을 발출하는 것까지만 여느 장공과 흡사할 뿐이지 그다음부터는 전혀 다르다.

방금 연파란이 손목을 뒤집었을 때 큐우웅! 하고 기이한 음향이 터졌을 뿐 아무런 변화도 일어나지 않았다.

그다음에는 허공 여러 방향에서 적게는 세 개, 많으면 십여 개의 금빛 장공이 느닷없이 나타나는 것과 동시에 화운룡의 온몸으로 뿜어진다.

무려 일 장 두께의 무쇠 철판을 짓이길 수 있는 가공할 위력의 장공 십여 개가 사방 이삼 장 거리에서 갑자기 나타나 쇄도하는 광경을 상상해 보라.

화운룡이 사신신법의 용신보를 전개하는 순간 그의 모습이 그 자리에서 씻은 듯이 사라졌다.

꽈꽈꽝!

화운룡 주변에서 갑자기 나타난 십여 개의 금빛 장공 즉, 금장(金掌)들이 서로 부딪치거나 땅을 때리면서 폭음이 터져 나왔다.

연파란은 처음으로 움찔 가볍게 놀랐으나 화운룡을 찾으려고도 하지 않고 머리 위 어느 방향을 향해서 번개같이 슬쩍 손목을 뒤집었다.

큐우웅!

화운룡은 용신보를 전개하여 연파란의 뒤쪽 허공으로 피하여 역습을 하려고 했으나 그가 공격하기도 전에 그녀의 공격이 이어졌다.

화운룡은 이번에도 용신보를 전개하여 전혀 다른 방향으로 피하면서 연파란이 서 있는 방향을 향해 조화천룡수(造化天龍手)를 전개했다.

그러나 연파란은 그곳에 있지 않았다. 빗나간 조화천룡수가 허공을 치는 순간 화운룡의 뒤에서 음향이 터졌다.

씨융!

독특한 음향으로 미루어 이번에는 천금성력의 지공이다.

장공이 굉장한 전개와 위력인 것처럼 지공 또한 소름이 끼칠 정도로 가공하다.

지공은 무지하게 빠르다. 화운룡은 지금까지 천금성력 지공처럼 빠른 것을 본 적이 없다.

그래서 그것을 눈으로 보고 나서 반응하면 늦다. 지금까지의 경험으로 지공은 한 줄기뿐이지만 빛처럼 빠르기 때문에 그것만으로 충분히 가공한 위력이다. 그러므로 그것에 맞으면 중상 아니면 즉사가 분명하다.

그런데다가 연파란은 용신보를 전개하여 피한 화운룡의 위치를 정확하게 간파하여 지공을 뿜어냈으니 그로서는 피할 재간이 없다.

퍽!

"허윽!"

지공이 화운룡의 왼쪽 옆구리에 적중됐다. 호신강기를 뚫고 들어와서 위력이 반감되기는 했지만 그래도 그의 옆구리를 관통하기에는 충분했다.

조금 전 천금성력 검법에 등 한복판을 관통당한 것도 치료하지 못한 상황에 또다시 옆구리가 뚫려 두 군데에서 피가 콸콸 쏟아졌다.

아주 잠깐 명천신기로 지혈을 하면 될 텐데도 그럴 만한 겨를이 없다.

그러다가 연파란의 공격에 머리나 심장이 적중당한다면 그것으로 끝장이다.

츠으음!

음향으로 미루어 이번에는 검법이다. 연파란은 한 수법을 두 번 전개하지 않는다.

반드시 검법, 장공, 지공의 순서대로 전개한다. 꼭 그래야만 하는 것인지 본인의 습관인지는 모른다.

화운룡이 연파란의 천금성력에 대해서 웬만큼 알고 있다고 해도 싸움에는 그다지 도움이 되지 않는다.

천금성력의 위력이 워낙 가공하기 때문에 다 알면서도 번번이 당하고 있다.

이번에 공격해 오고 있는 검법을 막거나 피하지 못한다면 화운룡은 죽음을 면하지 못할 것이다.

조금 전에 그의 등 한복판을 관통한 바로 그 검법이다. 방금 전에 츠으음! 하는 음향은 검법이 전개되어 허공의 일정 부분을 켜켜이 날카롭게 잘라서 화운룡을 향해 쏘아내는 수법인데, 적게는 열 개에서 많게는 삼십여 개까지 쏘아낸다.

가슴 한복판과 왼쪽 옆구리에서 피를 철철 흘리고 있는 화운룡은 자세를 바로잡기도 전에 쇄도해 오는 천금성력 검법에 아연 긴장했다.

그의 머릿속이 새하얘지면서 아무 생각도 떠오르지 않았다. 그저 막연하게 내가 이렇게 죽는 것 같은데 내 일이 아니라 남의 일처럼 여겨졌다.

쩌어엉!

그러다가 금빛의 날카로운 편린 이십여 개가 허공을 가득 뒤덮은 채 자신을 향해 쏘아오고 있는 광경을 발견하고서야 정신이 퍼뜩 들었다.

'젠장……'

그는 은형인과 반구자폐술(反龜自蔽術), 용신보 세 가지 수법을 동시에 전개했다.

반구자폐술은 그에게서 발출되는 모든 기척을 감쪽같이 감추는 사파의 최고절학이다.

스파앗!

그 자리에서 그의 모습이 사라지면서 땅에 이십여 개의 편린들이 한꺼번에 쑤셔 박혔다.

연파란은 싸움이 시작된 이후 처음으로 눈을 조금 크게 뜨면서 놀라는 표정을 지었다.

지금까지는 화운룡이 사라졌다고 해도 기척을 감지하여 공격할 수 있었는데 지금은 지극히 미세한 기척조차도 감지할 수가 없다.

화운룡이 그녀의 시야는 물론이고 감각 내에서까지 완벽하게 사라진 것이다.

'이게 가능해……?'

자신을 신이라고 여기는 연파란으로서는 지금 상황이 도저히 믿어지지 않았다.

설사 화운룡이 숨이 끊어졌다고 해도 기척을 감지해 낼 수 있는 능력의 소유자인 그녀가 감쪽같이 사라진 화운룡의 기척을 놓친 것이다.

은형인으로 모습을 보이지 않게 만들고 반구자폐술로 기척을 감추었으며 용신보를 전개하여 연파란의 등 뒤로 다가간 화운룡은 잠시 생각하다가 지금 상황에 가장 적절한 한 가지 수법을 떠올렸다.

'무극영강(無極靈罡)이라면……'

그것은 조화천룡수보다 한 단계 위의 절학으로 심강(心罡)인데 말 그대로 마음으로 발출하는 강기다.

기껏 기척 없이 연파란 뒤에 접근했는데 그녀를 급습하려다가 기척을 내면 도리어 역습을 당하고 말 것이다.

심강은 마음으로 발출하는 것이라서 일체의 기척을 내지 않는 장점이 있다.

더구나 화운룡은 극심한 중상을 입은 상태라서 손발을 움직이는 것이 평소처럼 원활하지 못하기에 심강인 무극영상을 전개하는 것이 최선이다.

연파란은 화운룡을 찾아내려고 천천히 주위를 둘러보면서 청력을 최대한 돋우었다.

화운룡은 그녀의 움직임을 따라서 같이 제자리에서 천천히 회전하며 자신의 전 공력을 끌어 올렸다.

반구자폐술을 전개하고 있는 터라서 전 공력을 끌어 올리는 미세한 기척은 외부로 표출되지 않았다.

그리고 한순간 모습을 감춘 화운룡에게서 칠채보광에 물든 심강 무극영강이 폭발하듯이 뿜어졌다.

도오오!

움찔 놀란 연파란이 재빨리 뒤돌아섰지만 이미 늦었다.

쩌억!

"아악!"

무극영강이 그녀의 가슴 한복판에 무지막지하게 작렬했다.

그리고 한 번도 비명을 질러본 적이 없는 그녀의 입에서 찢어지는 단말마의 애절한 비명이 터져 나왔다.

*   *   *

'됐다!'

화운룡은 입에서 피를 뿜으며 훌훌 날아가는 연파란을 보면서 속으로 쾌재를 불렀다.

금강불괴지체는 도검이나 창 같은 날카로운 무기들로부터 몸을 보호하는 기능이지 외부에서 가해지는 막강한 충격까지 막아내는 것은 아니다.

더구나 방금 화운룡이 전개한 무극영강은 허공을 격한 내가중수법이다.

즉, 벽을 때리면 벽은 멀쩡한데 벽 너머에 있는 표적이 박살나는 것이다.

다시 말해서 연파란을 가격하면 그녀의 금강불괴지체는 멀쩡한데 그 안에 있는 신체 내부가 망가진다는 얘기다.

물론 금강불괴지체가 웬만한 충격을 막아내기는 하겠지만 내가중수법, 그것도 이천여 년의 공력이 실린 공격까지 감당할 정도는 아니다.

이론적으로는 무극영강이 천금성력의 상대가 되지 않지만 실전에서는 천금성력에 먹혀들었다. 그러니까 죽으라는 법은 없다는 것이다.

여의칠천으로도 뚫리지 않는 것을 그보다 훨씬 못한 무극영강이 해냈다.

자연생태계에 천적(天敵)이라는 것이 존재하듯이 무공에도 천적이 있는 것이다.

화운룡은 허공을 빨랫줄처럼 날아가는 연파란의 뒤를 그림자처럼 따라갔다.

가슴 한복판과 왼쪽 옆구리에서 계속 피가 흘렀으나 그걸 지혈하기보다는 연파란을 죽이는 것이 우선이다.

그런데 화운룡은 방금 무극영강을 전력으로 발출하다가 은형인과 반구자폐술이 풀려서 자신의 모습과 기척이 드러났다는 사실을 깨닫지 못했다.

연파란은 무려 이십여 장이나 날아갔다가 바위에 거세게 부딪치며 튕겨졌다.

퍼억!

"윽……!"

뒤를 바짝 쫓은 화운룡은 바위에서 튕겨지는 연파란에게 두 번째 무극영강을 발출하려고 공력을 극한으로 끌어 올려서 잔뜩 별렀다.

바위에서 튕겨지는 연파란과 쏘아가며 오른손을 내미는 화운룡의 거리가 삼 장으로 좁혀졌다.

바로 그때 연파란이 번쩍 눈을 뜨더니 화운룡을 쳐다보며 이를 갈았다.

"뿌드득……! 십절무황……!"

'아차!'

화운룡은 그제야 은형인이 풀렸다는 사실을 깨달았으나 쏘아가는 기세가 워낙 빠른 탓에 즉시 멈추거나 피하는 것이 여의치 않았다.

더구나 전 공력을 주입한 무극영강을 발출하기 직전이라서 다른 동작을 취하기가 어려웠다.

그래도 방법은 공격뿐이다. 무극영강을 발출하면 연파란이 피할 수도 있다.

화운룡이 막 무극영강을 발출하려는데 마주 쏘아오던 연파란이 갑자기 시야에서 사라졌다.

그가 흠칫하며 반사적으로 급히 뒤돌아보려는데 무언가 그의 목을 거세게 움켜잡았다.

콱!

"끄윽……!"

그의 뒤쪽에 귀신처럼 나타난 연파란이 손으로 그의 목을 움켜잡은 것이다.

방금 전에 눈앞에서 퉁겨져 쏘아오던 그녀가 씻은 듯이 사라졌다가 그의 뒤에서 나타났다는 것은 순간적으로 공간 이동을 할 수 있다는 뜻이다.

연파란의 손은 작아서 화운룡의 목을 움켜잡을 수 없는데도 불구하고, 지금 이 순간에는 그녀의 손이 두 배 이상 잔뜩 커져 있었다.

그녀에게 손을 크게 만드는 것쯤은 어린아이 장난처럼 쉬운 일이다.

연파란이 새파란 안광을 흘리면서 중얼거렸다.

"십절무황……! 우리의 인연은 이쯤에서 끝내자."

그녀가 손에 힘을 주었다.

우두둑…….

"끄으으……."

화운룡의 목에서 뼈 부러지는 소리가 났지만 아직 뼈가 부러지지는 않았다.

이천 년이 훨씬 넘는 공력을 지닌 초극고수의 목을 부러뜨리는 일은 말처럼 쉽지 않다.

두 사람은 허공에 정지해 있는 상황이며 연파란의 아름다운 얼굴이 악마처럼 변했다.

"십절무황, 내가 죽어서도 은혜를 잊지 않겠다고 했던 말은 그만 잊어라."

잔뜩 피가 몰린 화운룡의 얼굴이 핏빛으로 물들고 눈알이 튀어나올 것처럼 부릅떠졌다.

"끄으으……."

화운룡은 이제 곧 자신의 머리가 잘 익은 수박처럼 퍽! 하고 터질 거라고 생각했다.

온몸에서 힘이 빠져나가고 머릿속이 백지처럼 새하얘지면서 의식이 흐려졌다.

그러더니 방금 전에 연파란이 한 말이 머릿속에서 종소리의 여운처럼 웅웅거렸다.

"십절무황, 내가 죽어서도 은혜를 잊지 않겠다고 했던 말은 그만 잊어라."

'죽어서도 은혜를 잊지 않겠다……?'

꺼져가는 의식 속에서 화운룡은 그 말을 떠올렸다. 그러고
는 그 말을 했던 어떤 시기와 사람의 모습이 연이어서 흐릿하
게 떠올랐다.

"십절무황이시여……! 저와 저의 가문… 그리고 고구려는
죽어서도 이 은혜를 잊지 않겠습니다……!"

저기 여덟 개의 계단 아래 바닥에 부복한 채 고개를 조아
린 채 감격에 몸을 떨면서 그렇게 흐느껴 우는 한 여자가 있
었다.

이제야 생생하게 기억이 난다. 십절무황 화운룡은 단상의
커다란 태사의에 앉아 있고 단하에 부복하여 울고 있는 여자
에게 조금 전 아주 큰 은혜를 베풀었다. 그녀와 그녀의 일족,
민족을 살린 것이다.

"당신은 하늘이십니다……! 결코… 죽어서도 이 은혜를 잊
지 않겠나이다……! 으흐흑……!"

단하의 여자는 계속 그 말을 되풀이하면서 이마를 바닥에
쿵쿵 짓찧으며 울었다. .

단상의 십절무황이 손을 들었다.

"일어나라."

부복했던 여자가 천천히 일어났으나 고개를 푹 숙이고 있어서 얼굴이 보이지 않았다.
여자가 고개를 들면서 말했다.

"흑흑흑……! 언제라도 저와 장백파 일족은 무황께 목숨을 바치겠나이다……!"

고개를 든 여자의 얼굴은 오십 대 중년인데 꽤나 아름다운 미모를 지니고 있다.
단상 태사의에 앉은 팔십사 세의 십절무황은 가볍게 고개를 끄떡였다.

"눈물을 그치고 그만 울어라. 그리고 이제 가서 너희들 소원을 이루어라."

이미 백 세가 훌쩍 넘었으나 오십 대 용모를 지니고 있는 연신가의 태상가주 연파란은 공손히 허리를 굽혔다.

"다시 뵈올 때까지 부디 옥체 보중하세요. 십절무황님. 반드시 은혜를 갚겠나이다……!"

목이 끊어질 것 같은 처절한 고통 속에서 화운룡은 갑자기 정신이 번쩍 들었다.

'내가 그랬다!'

그의 머리가 터질 것처럼 부풀어 올랐다.

'내가 이 괴물을 만든 거였어……!'

연파란이 목을 부러뜨리고 있는 고통보다도 자신이 이 엄청난 괴물 연파란을 만들어냈다는 심적 고통이 몇십 배 훨씬 더 괴로웠다.

조금 전에 연파란이 한 그 말 덕분에 화운룡은 까맣게 잊고 있었던 기억 하나를 생생하게 끄집어냈다.

태사의에 앉아 있는 화운룡은 과거에 회귀했다가 다시 미래로 돌아온 지 두 달쯤 됐을 때다.

연파란이 연신가라고 했다면 화운룡이 즉시 기억해 냈을 텐데 자신을 장백파(長白派)라고 소개를 하는 바람에 그녀를 기억하지 못했다.

과거에 회귀했다가 다시 미래로 돌아간 화운룡은 언제든지 과거와 미래를 오갈 수 있는 방법을 알게 되었다.

인위적으로 쌍념절통을 만들어내는 방법이다.

그때는 정말 아무런 생각도 없이 그 방법을 연파란에게 가르쳐주었다.

화운룡은 과거로 회귀하여 첫 번째 삶에서 짝사랑만 했던 옥봉을 아내로 얻었으며 연이어서 항아와 연종초를 두 번째, 세 번째 아내로 맞이했었다.

그런데 전혀 예상하지 않은 도리천의 습격으로 세 명의 아내를 모두 잃고서 크게 상심하여 모든 것을 다 버리고 미래로 돌아온 것이었다.

지금껏 화운룡은 자신이 미래로 돌아갔던 기억을 전혀 하지 못하고 있었다.

'그래. 나는 세 아내를 모두 잃고 절망에 빠져 방황하다가 미래로 다시 돌아갔었다……'

그때 그는 도리천이 어째서 세 아내를 죽였는지 이유를 밝혀내지 못했다.

또한 도리천이 어디에 있는지조차 알지 못해서 복수를 하지도 못했었다.

그는 그저 세상이 저주스럽고 죽은 세 아내가 너무나도 그리운 나머지 미래로 도망칠 수밖에 없었다. 그러나 그것은 명백한 현실 도피였다.

그 당시 그의 정신상태는 황폐했기에 연파란의 애원을 쉽게 들어주었던 것 같다.

연파란이 두 눈에서 새파란 귀화를 뿜어내고 흰 이를 드러 낸 채 중얼거렸다.

"이제 죽어라. 십절무황… 크흐흐흐……."

화운룡은 가물가물 꺼져가는 의식의 끈을 붙잡고 오른손 에 공력을 끌어모았다.

연파란이 누군지 알게 됐다는 것보다는 세 아내가 도리천 에 죽음을 당할 것이라는 사실이 기억난 이상 절대로 이렇게 죽을 수는 없다.

연파란은 얼굴색이 거멓게 변한 화운룡을 보면서 득의한 미소를 지었다.

"흐흐흐… 은혜는 내세에 갚으마."

그녀가 오른손에 힘을 주는 것과 동시에 화운룡의 오른손 무극영강이 허공을 갈랐다.

뻐걱!

"흑……."

무극영강이 연파란의 복부를 무지막지하게 강타했다.

그녀는 헛바람 소리를 내면서 화운룡의 목을 놓고 뒤로 쏜 살같이 날아갔다.

쿵!

화운룡은 그대로 땅에 떨어졌다.

땅에 떨어진 그는 몇 번인가 몸을 푸들푸들 떨다가 엎어진 채 잠잠해졌다.

콰자작!

"흐윽……!"

연파란은 나뭇가지들을 부러뜨리면서 날아가는 속도가 늦춰지다가 십오륙 장 밖에서 땅에 떨어졌다.

"우욱……."

그녀는 온몸을 꿈틀거리면서 입에서 검붉은 피를 꾸역꾸역 토해냈다.

가슴 한복판에 이어 복부까지 두 번이나 무극영강에 적중당하여 장기가 파열되고 내장이 으스러졌다.

내가중수법인 무극영강, 그것도 이천 년을 훨씬 상회하는 어마어마한 공력이 실렸으므로 그녀도 결코 무사하지 못했다.

화운룡은 땅에 엎어진 채 꼼짝도 하지 않았다. 연파란이 너무 오래, 그리고 세게 목을 움켜잡고 있었던 탓에 목의 혈맥이 막혀서 빈사 상태에 빠진 것이다.

연파란의 복부에 두 번째 무극영강을 전력으로 적중시킨 직후 그는 정신을 잃고 말았다.

그런 탓에, 이 기회에 연파란을 추격해서 끝장을 내야 한다는 생각을 할 수가 없었다.

또한 이대로 있다가 그녀가 공격하면 속수무책으로 당할

수밖에 없다는 생각도 들지 않았다. 그저 혼절한 채 시체처럼 쓰러져 있을 뿐이다.

화운룡은 다섯 호흡 만에 깨어났다.

아주 짧은 혼절이기는 했지만 그사이에 누군가를 백 명 이상 죽일 수도 있으며 자신이 열 번 이상 죽음을 당할 수도 있는 시각이었다.

믿기 어려운 일이지만 화운룡은 깨어나는 것과 동시에 연파란이 어떻게 한 것인지 깨닫게 되었다.

미래에서 화운룡은 자신을 장백파의 문주라고 소개하며 반드시 과거로 돌아가서 바로잡아야만 하는 일이 있다고, 그러지 않으면 장백파와 자신의 일족, 더 나아가서 민족까지 몰살당하고 말 것이라고 처절하게 울면서 애원하는 연파란의 소원을 들어주었다.

졸지에 세 아내를 한꺼번에 잃어버리고서 도망치듯이 미래로 돌아와 제정신을 차리지 못하는 상태가 아니었다면, 화운룡은 무슨 일이 있어도 연파란에게 쌍념절통을 가르쳐 주지 않았을 것이다.

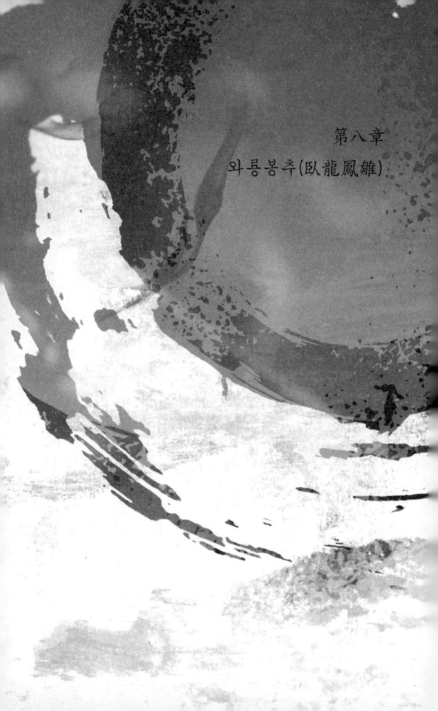

第八章

와룡봉추(臥龍鳳雛)

　화운룡이 쌍념절통을 가르쳐 주었기 때문에 연파란은 시험 삼아서 제일 먼저 연종초를 과거로 보내 천신국을 구축하도록 조종했던 것이다.

　그러고는 미래의 연신가 일족과 고수들을 차근차근 과거로 보냈을 테고, 어쩌면 미래와 과거를 수시로 오갔을지도 모르는 일이다.

　어쨌든 과거의 천하를 이 지경으로 만든 장본인은 다름 아닌 화운룡이었다.

　그가 연파란에게 쌍념절통을 가르쳐 주었기에 과거의 천하가 이 지경이 돼버린 것이니까 말이다.

미래에 화운룡에게 애걸하러 온 그녀는 자신의 이름마저도 연파란이 아니라 도옥파(陶玉波)라고 속였다.

그 당시 도옥파는 과거로 가서 잘못된 과거의 일 하나를 바로잡기만 하면 된다면서 애원을 했었다.

도옥파가 과거로 와서 잘못된 과거를 바로잡았는지 어쨌는지는 관심이 없다.

어쩌면 그것은 말짱한 거짓말이었는지도 모른다. 당금 천하가 이 지경이 된 것을 보면 말이다.

어쨌든 화운룡으로서는 그 모든 것들을 알게 된 이상 절대로 그녀를 살려둘 수가 없다.

그녀를 죽여야지만 천하를 바로잡을 수 있으며 잘못된 미래를 똑바로 세울 수가 있다.

화운룡은 기침이 나오려는 것을 간신히 참으면서 느릿하게 몸을 일으켰다. 기침을 하면 연파란이 그의 기척을 감지하게 될 것이다.

그는 공력을 일으켜서 주변의 기척을 살피는 한편 명천신기로 가슴과 옆구리의 상처를 치료하기 시작했다.

"……!"

그때 그는 하나의 아주 흐릿한 기척을 감지했다. 누군가 십여 리 밖에서 남쪽으로 이동하고 있는 기척이다.

'연파란!'

화운룡은 그 기척이 연파란이라는 사실을 즉시 간파했다. 매우 흐릿해서 간신히 감지할 수 있는 기척이지만 연파란의 기척은 이미 익숙하다.

그는 지금이야말로 연파란을 죽일 수 있는 절호의 기회라고 판단했다.

그는 극심한 중상을 입은 몸이지만 연파란도 사정이 마찬가지이기 때문이다.

나중이라는 것은 없다. 지금 추격해서 연파란을 죽이지 못한다면 이후 기회는 오지 않을 것이다.

연파란은 필사적으로 도망치고 있었다.

그녀는 자신이 여기까지 타고 온 배가 있는 곳으로 돌아가지 않았다.

연조음이나 연분홍 정도로는 도움이 되지 않을 것이라고 판단했기 때문이다.

그녀는 화운룡에게 두 번이나 무극영강을 적중당하고는 그의 무서움을 실감했다.

그가 결정적인 일격을 가하기 위해서 일부러 진실한 실력을 감추고 있었다고 추측했다.

울컥!

그녀는 초절정의 경공을 전개하면서 쏘아가는 도중에 또다시 검붉은 핏덩이를 토했다.

아직 충분한 시간을 갖고 자신의 상태를 살펴보지 못했지만, 그녀가 생각하기에 계속 핏덩이를 토하고 또 핏덩이에 조각난 내장이 섞여 있는 것으로 미루어 엄중한 내상을 입은 것이 분명했다.

그녀는 화운룡에게 두 번에 걸쳐서 무극영강에 당하기 전까지만 해도 당금 천하에서 신을 제외하고 자신을 이길 인물은 단 한 명도 없다고 호언장담했다.

그녀는 정말로 최고로 고강했다. 이런 최강자가 되기 위해 인간으로서 하지 말아야 할 짓까지 서슴지 않았던 그녀였으므로 천하제일인이 되는 것은 당연했다.

최소한 화운룡하고 이백여 초 이상 싸워본 후에도 그런 생각에는 변함이 없었다.

그런데 화운룡은 그녀의 공격을 이백여 초 이상이나 거뜬하게 견뎌냈다.

아니, 견뎌내는 것만으로도 부족해서 그녀에게 극심한 내상까지 입힌 이 상황을 그녀는 절대로 인정하지 못했다.

그가 제아무리 십절무황이라고 해도 어떻게 그녀보다 더 고강할 수 있다는 말인가.

그녀는 지금 엄청난 충격을 먹었다. 화운룡의 모가지를 움켜줘고 있는 상황에 일격을 얻어맞았으며 그 일격에 내장과 장기들이 엉망진창이 됐으므로 당연한 일이다.

"……!"

그때 문득 그녀는 흐릿한 기척이 자신을 추격하고 있다는 사실을 감지했다.

'십절무황……!'

화운룡이 연파란과 싸우는 동안 그녀의 기척을 즉시 간파하는 것처럼 그녀도 화운룡의 기척을 즉시 간파했다.

연파란의 뺨이 파르르 떨렸다.

'으음! 지독하다…….'

소름이 좍 끼칠 정도로 화운룡이 두려워졌다.

그에게 두 번째 적중을 당하고 날려갔다가 그 즉시 도망쳤는데도 불구하고, 귀신같이 그녀의 기척을 감지해서 추격하고 있으니 모골이 송연해지는 일이다.

그녀는 오래전부터, 그리고 미래에 십절무황에 대한 막연한 존경심과 두려움을 품고 있었다.

그랬기에 과거인 지금 화운룡을 다시 만났어도 처음에는 그를 존중했었던 것이다.

그러다가 화운룡을 죽여야겠다고 결심을 하니까 어느 정도 존경심과 두려움이 사라졌는데, 지금 같은 상황에 처하게 되니까 다시 두려움이 되살아났다.

'어… 떻게 하지?'

두려움은 공포를 낳는다. 평소에 두려움이라는 것을 몰랐던 사람일수록 한 번 두려움을 느끼게 되면 걷잡을 수 없는 공포에 빠지는 법이다.

연파란은 점점 더 공포를 느꼈으며, 그래서 점점 더 초조해져서 자꾸만 뒤돌아보았다.

그녀는 화운룡의 두 번의 공격에 적중되어 엄중한 내상을 입은 상태다.

화운룡도 가슴과 옆구리에 관통상을 입었지만 그녀가 보기에 자신보다는 훨씬 나은 상태인 것 같았다. 지금 그에게 잡히면 죽을 수밖에 없다.

그러니까 지금 그에게 덜미가 잡히면 죽는다. 살려면 무조건 숨든지 도망쳐야만 한다.

'아… 어떻게 하지……?'

그녀는 자신이 죽음을 두려워하여 이처럼 절망에 빠지는 상황에 처할 줄을 꿈에도 예상하지 못했었다.

기척이 조금 전보다 더 가까운 곳에서 감지되었다.

'이러다가 잡히겠다…….'

너무 초조해서 오금이 저리고 똥줄이 바짝 탔다. 이런 느낌 역시 생전 처음이다.

우지직! 찌이익!

"앗!"

당황하다 보니까 평소에는 하지도 않던 실수 즉, 팔다리가 나뭇가지에 걸려서 부러지고 옷이 찢어졌다. 그러더니 급기야 바닥에 나동그라졌다.

"아아……."

나뭇가지에 긁혀서 옷이 형편없이 찢어졌지만 돌아볼 겨를 같은 것이 있을 리 없다.

"우욱……!"

게다가 또 왈칵 핏덩이를 토해냈는데 갑자기 정신이 아득해지면서 맥이 쭉 빠졌다.

'아아… 왜 이러는 거지……?'

정신을 가다듬고 침착하면 되는데 중상을 입은 데다 화운룡에게 쫓기고 있다는 극도의 두려움 때문에 지금 상황을 스스로 더욱 악화시키고 있었다.

넘어졌던 연파란은 두 손으로 바닥을 짚고 일어나다가 그대로 몸이 굳었다.

"……."

그녀가 있는 곳은 낭떠러지 끝이었다. 두어 걸음만 더 나가면 급전직하 추락하고 말 것이다.

그녀는 엉거주춤한 자세에 반사적으로 뒤돌아보았다.

화운룡의 기척이 조금 전보다 더 가까워졌다. 실제로 가까워지지 않았으나 두려움 때문에 그렇게 느껴졌다.

그녀는 비틀거리며 두어 걸음 더 걸어가서 낭떠러지 아래를 내려다보았다.

저 아래, 그러니까 칠팔십여 장 아래에 강물이 도도하게 흐르고 있는 것이 보였다.

낭떠러지 전방이 전부 강물인데 아마 황하일 것이다. 떨어지면 황하로 곧장 추락이다.

연파란으로서는 제 스스로 황하로 뛰어내릴 생각이 눈곱만큼도 없다. 그렇지만 지금 상황에서는 스스로 뛰어내리는 것 말고는 달리 선택의 여지가 없다.

뒤돌아보니 화운룡의 기척이 조금 전보다도 훨씬 더 가깝게 느껴졌다.

연파란은 앞뒤 잴 것도 없이 그대로 낭떠러지 아래로 몸을 내던졌다.

쏴아아아!

그녀의 모습은 곧 낭떠러지 아래 어둠 속으로 사라졌다.

잠시 후에 화운룡이 낭떠러지 위에 모습을 드러냈다.

그는 주변을 자세히 살피다가 낭떠러지 아래를 유심히 내려다보았다.

그는 이곳에서 연파란의 뚜렷한 흔적을 찾았지만 그녀가 낭떠러지 아래 강으로 추락하거나 뛰어내렸을 것이라고는 생각하지 않았다.

화운룡은 황하 강변을 따라서 하류로 쏘아가고 있는 중이다.

그는 연파란이 원래 탔던 배로 돌아가거나, 아니면 배를 버리고 다른 방향으로 도주했을 것이라고 판단했다.

그러나 어디에서도 연파란의 흔적이 발견되지 않았다.

화운룡은 강변을 따라서 쏘아가다가 문득 강 한가운데에 배 한 척이 흘러가고 있는 모습을 발견했다.

자세히 보자마자 아까 그와 연파란이 타고 있던 배라는 것을 확인한 그는, 번쩍 신형을 날려 어느새 배의 갑판에 사뿐히 내려섰다.

아까 연파란과 싸웠던 뒤쪽 선실은 이 층과 삼 층이 완전히 박살 난 광경이다.

그때 화운룡을 발견한 연조음과 연분홍이 급히 달려와서 공손히 허리를 굽혔다.

두 여자는 아직도 화운룡의 잠혼백령술에 심지가 제압되었기에 그를 주인처럼 대하고 있다.

"연파란이 왔느냐?"

"오지 않았습니다."

화운룡의 물음에 연분홍이 대답했다. 심지가 제압된 그녀가 거짓말을 할 리가 없다.

화운룡은 잠시 생각하다가 명령했다.

"연부중을 불러라."

천초후 연부중에게 시킬 일이 있었다.

화운룡은 선실 안에서 명천신기로 상처를 치료하면서 연부중을 기다렸다.

연파란을 추격하는 동안에는 제대로 상처를 치료할 여유가 없었기에 아직도 상처가 다 낫지 않았다.

지금 이렇게 시간이 있을 때 명천신기로 치료를 해두면 언제라도 연파란을 상대할 수가 있다.

연부중이 와서 선실 밖에서 대기하고 있었다.

화운룡은 치료를 끝내고 밖으로 나와 천초후 연부중에게 명령했다.

"흑천성군을 풀어서 천황을 찾아라."

연부중은 공손히 허리를 굽혔다.

"알겠습니다."

"천황을 찾으면 흑천성군이 포위하되 공격하지 말고 내게 즉시 보고하라."

"명을 받듭니다."

"그리고."

연부중이 허리를 펴고 명령을 기다렸다.

"도리천으로 보낸 공격을 철수시켜라."

"명을 받듭니다."

제정신이 있다면 의아한 표정을 짓겠지만 심지가 제압되었으므로 터럭만 한 의심도 없이 명령을 받드는 연부중이다.

연부중이 물러가고 화운룡은 하녀에게 차를 가져오라고 시키고는 선실 탁자 앞에 앉았다.

이것으로 도리천은 위험에서 벗어나게 됐다. 또한 흑천성군 이천여 명이 샅샅이 뒤지면 연파란을 찾아내는 일은 어렵지 않을 것이다.

천하를 정벌하려고 남몰래 키운 흑천성군이 자신의 숨통을 조일 줄이야, 연파란은 꿈에도 생각하지 못했을 것이다.

화운룡은 연분홍과 연조음을 불렀다. 궁금한 것이 있어서 그녀들에게 물어볼 생각이다.

차를 마시고 있는 그의 앞쪽에 두 여자가 공손히 시립해서 하문을 기다리고 있다.

화운룡은 생각을 정리한 후에 입을 열었다.

"너희들 미래에 몇 번 다녀왔느냐?"

"저는 세 번입니다."

"저는 두 번입니다."

연분홍과 연조음이 각각 다르게 대답했다.

*　　　　*　　　　*

화운룡이 예상했던 대로 연파란 모녀는 과거와 미래를 수시로 오가면서 필요한 일들을 행했었다.

화운룡에게서 배운 쌍념절통을 전개하는 과정을 더욱 발전시켜서 인위적으로 마음대로 사용한 것이다.

화운룡은 과거로 회귀한 이후 아직 미래에 가지 않았다. 그 말은 세 명의 아내 옥봉과 항아, 연종초가 아직 죽지 않았다는 뜻이다.

세 아내가 도리천에 죽음을 당하게 되자 커다란 절망과 상심에 빠진 그가 미래를 도피처로 삼게 되는데 그 일은 아직 일어나지 않았다.

그런데 그는 연파란을 통해서 미래에 일어날 일을 미리 알아버렸다.

그의 기억이 잘못된 것이 아니다. 세 명의 아내는 분명히 도리천에 죽음을 당했다.

그래서 복수를 하려고 발버둥을 치다가 뜻을 이루지 못하자 절망에 빠진 그가 미래로 도망쳤던 것이다.

세 아내가 죽음을 당하는 시점을 알아내야 한다. 그래야 그녀들의 죽음을 미리 방지할 수가 있다.

화운룡에게 있어서 그녀들이 죽는다는 것은 세상의 종말을 뜻하는 일이다.

"너희들 내 아내들이 죽는 것을 알고 있느냐?"

"무슨 말씀이신지……."

화운룡의 물음에 연분홍과 연조음은 이해하지 못한다는 표정을 지었다.

화운룡은 질문을 바꾸었다.

"나는 십절무황이다. 혹시 나에 대해서 들은 얘기나 아는 것이 있느냐?"

"아……."

"설마……."

연분홍과 연조음은 화들짝 놀라 화운룡을 바라보며 뒤로 서너 걸음씩 물러났다.

화운룡은 고삐를 늦추지 않았다.

"나를 아느냐?"

"아… 압니다."

"어찌 아느냐?"

"그것은……."

두 여자는 고개를 갸웃거리면서 애매한 표정을 지었다. 화운룡을 알기는 아는 것 같은데 어떻게 아는지는 자세하게 모르는 모양이다.

어쩌면 그것은 두 여자가 과거와 미래를 자주 오가다 보니까 양쪽의 기억이 엉켜서 그럴지도 모른다.

화운룡은 두 여자에게 희망을 걸었다. 그녀들이 기억을 해낸다면 세 아내를 살릴 수 있다. 수단과 방법을 가리지 않고 그녀들을 살릴 것이다.

하지만 연분홍과 연조음의 기억을 방해할 수도 있으므로 다그치지 않고 잠자코 있었다.

"잘 생각해 봐라."

대신 그렇게 말하면서 그녀들 머릿속에 들어 있는 온갖 기억들을 차근차근 살펴보았다.

그런데 두 여자의 기억은 거미줄처럼 복잡하게 얽혀 있어서 읽는 것이 쉽지가 않았다.

과거와 현재, 미래의 기억들이 정리되지 않은 상태로 서로 뒤엉켜 있기 때문이다.

그 수천 가지 생각과 기억들 중에서 옥봉 등 세 아내가 죽음을 당하는 기억을 찾아내는 일은 결코 쉽지 않았다.

그래도 화운룡은 포기하지 않고 전력을 다하고, 두 여자는 자신들이 화운룡을 어떻게 아는지, 그리고 그의 아내에 대해서 알아내려고 부심했다.

"십절무황은 부인들을 잃었어요……."

그때 연분홍이 가물가물한 표정으로 중얼거렸다.

화운룡은 흥분했으나 침착하려고 애쓰면서 물었다.

"어찌 된 일인지 아느냐?"

연분홍은 눈을 감고는 잔뜩 이맛살을 찌푸렸다.

"도리천이 죽였어요……."

"그게 언제였느냐?"

"천신력 이 년 섣달 보름이었어요."

화운룡은 눈을 껌뻑거리다가 움찔 놀랐다.

'섣달 보름이면 내일이잖은가?'

그는 자신도 모르게 허둥거렸다.

'내일 도리천이 아내들을 죽인다는 말인가? 도대체 도리천이 무엇 때문에…….'

"도리천이 아니에요."

그때 연조음이 고개를 갸웃거리면서 말했다.

화운룡은 긴장했다.

"무슨 말이냐? 십절무황의 세 아내를 죽이는 것이 도리천이 아니라는 말이냐?"

"네, 아니에요."

"그럼 누구냐?"

"어머니예요."

"……."

화운룡은 움찔했다.

"연파란이라는 말이냐?"

"네, 천황이신 어머니가 십절무황의 세 부인을 죽였다고 직접 저희에게 말하셨어요."

연분홍이 고개를 끄떡였다.

"저도 그 말을 들은 기억이 납니다. 어머니는 십절무황의 세 부인을 잔인하게 죽이고 도리천에게 죄를 뒤집어씌웠다고 했어요."

화운룡은 머리가 마구 헝클어졌다. 그는 세 아내가 죽은 후에 도리천에 복수를 하려다가 뜻을 이루지 못하고 절망에 빠져서 허우적대다가 미래로 갔었다.

그러고는 두 달 후에 연파란이 자신의 신분을 장백파 문주라고 속이고는 과거로 가야 한다면서 방법을 알려달라고 애원했었다.

그런데 어떻게 연파란이 세 아내를 죽일 수 있다는 말인가. 시기적으로 맞지 않는 일이다.

화운룡은 고개를 가로저었다.

"말이 안 된다. 내가 연파란에게 쌍념절통을 가르쳐 준 것은 아내들이 죽고 나서 반년이 지났을 때다. 그러니까 내년 유월이라는 말이다."

연분홍이 분명한 어조로 말했다.

"어머니는 네 번째 미래에서 과거로 회귀했을 때 십절무황의 세 부인을 죽였어요.'

"……."

화운룡은 누군가 쇠망치로 뒤통수를 후려친 것 같은 호된 충격을 받았다.

머릿속이 새하얘지면서 텅 비었다. 연파란이 네 번째 미래에서 과거로 회귀했다는 것이 무엇을 의미하는 것인지 전혀 알 수가 없다.

연분홍의 말이 저 멀리에서 아스라이 들렸다.

"어머니는 세 번째 과거로 회귀했을 때 십절무황에게 극심한 중상을 입고 미래로 도망쳤어요. 그러고는 다시 네 번째 과거로 회귀하여 십절무황의 세 부인을 죽인 거죠."

"음……."

화운룡은 무거운 신음을 토해냈다.

연파란이 세 번째 과거로 회귀했을 때 십절무황에게 중상을 입은 것은 바로 오늘 밤에 일어난 일이다.

화운룡은 연파란을 찾아서 죽이려고 싸움이 벌어졌던 인근을 샅샅이 뒤졌는데 그녀는 이미 미래로 도주해 버렸다. 그랬으니 찾을 수가 없었다.

그러므로 천초후를 시켜서 흑천성군들에게 연파란을 찾아내라고 명령한 것도 헛수고다.

연파란은 내일 옥봉과 항아, 연종초 앞에 나타나서 그녀들을 죽일 것이다.

연파란이 과거인 이곳에 있을 때에는 십절무황에게 세 명의 부인이 있는지 몰랐으며 관심도 없었겠지만 미래에서는 그런 사실을 훤하게 알게 되었을 것이다.

그리고 지금 이때쯤에 그녀들이 어디에 있는지도 어렵지 않게 알아냈을 터이다.

그러니까 결과적으로 옥봉과 항아, 연종초가 죽는 것도 다 화운룡 탓이다. 그가 연파란에게 중상을 입혔고 그녀가 미래로 도주했다가 십절무황에게 세 명의 부인이 있다는 사실을 알고서 그녀들을 죽이러 다시 과거로 회귀했기 때문이다.

그는 창을 쳐다보았다. 이곳에서 천신국의 본신국 성도인 토노번까지 만오천여 리다. 그가 아무리 빨리 가도 이틀 이상 걸릴 것이다.

옥봉과 항아, 연종초는 공력을 모조리 화운룡에게 전해주고는 평범한 사람이 되어 토노번 연도인의 장원에서 그를 기다리고 있을 것이다.

그런 상황에 느닷없이 연파란이 나타나서 공격하면 그녀들은 속수무책 죽을 수밖에 없다.

'어떻게 하지?'

화운룡의 능력으로는 토노번까지 아무리 빨라야 이틀 이

상 걸리는데 뾰족한 방법도 없는 상태에서 이대로 무작정 출발할 수는 없다.

그가 토노번까지 중간쯤 갔을 때 연파란이 세 명의 아내를 죽일 것이다.

"으음……!"

화운룡은 피가 마르는 것 같아서 신음이 저절로 나왔다.

그는 연분홍과 연조음에게 물었다.

"생각해 봐라. 연파란이 내 아내들을 죽이는 것을 막을 방법이 없겠느냐?"

오죽 답답하면 그녀들에게 묻겠는가.

연분홍과 연조음은 아무 말도 하지 못하고 고개를 숙인 채 조심스럽게 그의 눈치만 살필 뿐이다. 그녀들에게 방법이 있을 리 만무하다.

이럴 때 가루라가 있으면 토노번까지 가는 데 한나절이면 되겠지만 있지도 않은 가루라를 어떻게 부르겠는가.

"빌어먹을……!"

거센 후회가 들었다. 연파란에게 안마를 해주었을 때나 그녀와 사랑을 나눌 때 전력을 주입한 무극영강을 심장이나 머리에 먹였다면 즉사시킬 수 있었다.

그런데 그녀가 금강불괴지체라는 사실을 지나치게 의식한 나머지 여의칠천으로만 급습하려다가 일을 망치고 말았다.

그렇다고 그 상황을 되돌릴 수는 없을 터.

"아!"

그때 문득 머릿속이 밝아졌다.

'그게 아니다.'

연파란이 미래로 갔다가 다시 과거로 돌아온다면 화운룡도 그렇게 할 수 있지 않겠는가.

그녀는 무려 네 번씩이나 미래와 과거를 오가는데 화운룡이라고 못할 게 어디 있다는 말인가. 더구나 쌍념절통을 최초로 성공한 사람은 바로 그였다.

그는 정신이 번쩍 들어서 연분홍과 연조음에게 진지한 얼굴로 물었다.

"너희들 쌍념절통 할 줄 아느냐?"

본신국 성도 토노번의 연도인의 장원.

햇살이 따사로운 늦은 오후의 누각에 옥봉과 항아, 연종초 세 여자가 둘러앉아서 차를 마시고 있다.

세 여자는 화운룡이 떠난 이후부터 부쩍 말수가 줄더니 이제는 하루 종일 말을 하지 않는 날이 더 많아졌다.

세 여자가 사이가 나빠서가 아니라 화운룡을 걱정하느라 속이 새카맣게 타버렸기 때문이다.

화운룡이 상대해야 할 사람이 천황 연파란이라는 사실이

세 여자를 더욱 우울하게 만들었다.

딸깍…….

항아가 찻잔을 내려놓으며 연못으로 시선을 던졌다.

"류 니쟝이 떠난 지 이십이 일째예요."

항아의 말은 옥봉과 연종초에게 위로가 되기보다는 더 큰 걱정과 우울만 안겨주었다.

문득 옥봉은 햇살이 눈부시게 뿌려지고 있는 파란 하늘을 올려다보다가 무엇인가를 발견했다.

그것은 지상에서 십여 장 높이에서 일어나는 작은 섬광으로, 마치 폭발 같았다.

아무런 소리도 없이 그저 눈부신 섬광이 작열해서 옥봉은 눈을 감았다가 떴다.

그랬더니 섬광이 사라진 자리에 느닷없이 한 명의 여자가 나타나서는 깃털인 것처럼 옥봉 등이 있는 곳으로 미끄러지듯 스르르 하강했다.

"항아, 종초."

옥봉의 중얼거림에 항아와 연종초는 그녀를 쳐다봤다가 그녀가 놀란 표정으로 어딘가를 바라보고 있자 이끌리듯이 그곳을 쳐다보았다.

"아……."

허공에서 이쪽으로 비스듬히 하강하고 있는 여자를 발견한 연종초가 경악하여 눈을 커다랗게 뜨며 벌떡 일어섰다.

그사이에 허공의 여자는 누각 이 장까지 접근하여 연못 위에 멈추었다.

연종초는 이십 대 초반의 아름다운 여인을 보면서 넋 나간 것처럼 중얼거렸다.

"연파란……."

허공에서 나타난 여자, 연파란은 연종초를 보면서 재미있다는 표정을 지었다.

"종초로구나. 네가 여기에 있을 줄은 몰랐다."

옥봉과 항아는 연종초의 중얼거림을 듣고 나타난 여자가 누구라는 사실을 알게 되었다.

화운룡은 연파란을 죽이러 갔는데 그녀가 이곳에 나타나다니 기절초풍할 일이다.

*　　　*　　　*

연파란은 연종초에게 말했다.

"종초야, 네가 십절무황의 셋째 부인이었다니 정말 뜻밖이로구나."

"아……."

연종초는 연파란이 그 사실을 알고 있을 리가 없기에 크게 놀랐다.

혹시 연파란이 화운룡을 죽였기 때문에 그 과정에 알게 된 것이 아닌가 하고 더럭 겁이 났다.

"연파란, 서방님을 어떻게 했느냐?"

연파란의 눈이 세모꼴로 변했다.

"이년, 어미 이름을 함부로 부르는 것이냐?"

"닥치고 서방님을 어떻게 했는지 당장 말해라!"

연종초가 서슬이 퍼렇게 악을 쓰자 연파란은 재미있다는 듯 히죽거렸다.

"사실대로 말하면 그 사람이 날 중상을 입혔다. 그래서 도주하다가 미래로 갔었지."

"미래로?"

"그래. 미래로."

"……"

연파란이 미래로 갔다는 말에 연종초는 물론 옥봉과 항아까지 놀라는 표정을 지었다.

연파란은 화운룡과 싸우던 중에 중상을 입고 도주하다가 미래로 갔다고 말했다.

그것은 그녀가 마음만 먹으면 아무 때나 미래로 갈 수 있다는 뜻이다.

"나는 어제 미래의 연신가로 갔다가 치료를 하는 도중에 비로소 생각이 났다. 오래전에 내가 십절무황에게 과거로 갈 수 있는 방법을 가르쳐 달라고 애원했을 때, 그가 어째서 슬픈 표정을 짓고 있었는지를 말이다."

옥봉과 항아, 연종초는 눈도 깜빡이지 않고 연파란을 쏘아 보았다.

"십절무황은 평생 짝사랑하던 옥봉이라는 여자를 찾아서 쌍념절통 수법으로 과거에 갔다가 옥봉을 다시 만나 혼인을 하였으며, 이후 두 명의 여자 항아와 종초 도합 세 명의 여자를 부인으로 거느리게 되었는데, 어느 날 그녀들이 모두 죽어 버렸다. 그래서 절망에 빠져서 허우적거리다가 미래로 도망쳐 온 것이었다."

"그런 말도 안 되는……."

연파란은 고소하다는 표정을 지었다.

"너희들 목숨이 내 손안에 있는데 무엇 하러 거짓말을 하겠느냐?"

옥봉이 차분하려고 애쓰면서 연파란에게 물었다.

"누가 우리 세 명을 죽인 거죠?"

옥봉은 연파란이 거짓말을 할 이유가 없다고 생각했다.

연파란 입가에 잔인한 미소가 걸렸다.

"내가."

"……."

"여태까지 나는 도리천이 너희 세 사람을 죽였다고 생각했다. 아니, 무림에 떠도는 그 소문을 믿었다."

연파란이 자신들을 죽였다는 말에 세 여자는 놀라서 정신을 차리지 못했다.

연파란은 두 손을 가느다란 허리에 얹고 고개를 젖히며 웃음을 터뜨렸다.

"하하하하! 그랬었는데 이제 와서 생각해 보니까 내가 너희 세 사람을 죽이고 도리천이 죽인 것이라고 헛소문을 낸 거였지 뭐겠니?"

"어떻게 그럴 수가……."

세 여자는 불신의 표정을 지었다.

항아가 뾰족하게 외쳤다.

"어떻게 그게 가능할 수가 있지? 당신이 류 니쨩에게 과거로 오는 방법을 배운 것은 오래전이었잖아! 그런데 어떻게 지금 우리를 죽인다는 거야? 지금은 그때보다 훨씬 미래잖아! 그게 말이 돼?"

연파란은 어깨를 으쓱했다.

"아이야, 그것까지는 나도 모르겠구나. 어쨌든 내가 너희 셋을 죽인다는 사실만은 분명하단다."

사실 연파란은 여기에 있는 세 여자를 죽이고 나서 반년쯤 지난 후에 미래로 가게 되는데, 그 과정에 기억을 깡그리 잃어

버리게 된다.

그래서 십절무황이 과거로 회귀했다가 돌아왔다는 사실을 알아내고는 그를 찾아가서 과거로 보내달라고 애원을 했던 것이었다.

연파란이 천천히 두 팔을 벌리면서 미소를 지었다.

"자, 이리 오너라. 어서 끝내자."

무공이 없는 세 여자는 자기들끼리 모여서 연파란을 노려보는데 항아와 연종초가 악을 썼다.

"마녀야! 우릴 죽이고도 무사할 줄 아느냐?"

"연파란! 너는 기필코 서방님께 죽을 것이다!"

옥봉은 차분하게 말했다.

"당신이 우리를 죽여서 무슨 이득이 있죠?"

연파란은 매혹적인 미소를 지었다.

"너희를 모두 죽이고 나서 나는 그이를 나 하나만의 남자로 차지하겠다."

'나 하나만의 남자'라는 말에 세 여자는 어리둥절한 표정을 지었다.

그런 말은 화운룡을 사랑하는 여자만이 할 수 있는데 연파란은 백 세가 훨씬 넘었으며 화운룡을 사랑할 아무런 이유나 동기가 없기 때문이다.

"도대체 무슨 말을 하는 거죠? 당신은 그게 가능하다고 생각하나요?"

"아하하! 너희들은 나와 그이하고의 관계를 몰라서 그러는 것이다! 알고 나면 저승길이 괴롭지 않겠느냐?"

화운룡하고의 싸움에서 극심한 중상을 입고 처절하게 도주할 때의 연파란은 어떻게 하든지 목숨만이라도 건지면 더 바랄 것이 없었다.

그런데 이제 조금 여유가 생기니까 다른 욕심이 들었다. 즉, 화운룡의 세 명의 부인을 모두 죽이고 나서 그를 자신만의 남자로 독차지하겠다는 흑심이다.

연파란의 얼굴에 득의한 웃음이 가득 번졌다.

"하하하하! 이것들아! 네년들은 곱게 죽어주기만 하면 그만이니까 궁금할 필요가 없다!

연파란은 천천히 두 손을 들어 올렸다.

"아아아……."

연파란은 반쯤 벌어진 입에서 뜨거운 입김을 토해내면서 두 눈을 까뒤집었다.

그녀는 태어나서 난생처음으로 지금 당장 죽어도 좋을 정도의 절정 쾌감에 빠져 있다.

지금 그녀는 화운룡과 활화산 같은 격정적인 사랑의 행위를 나누고 있는 중이다.

그녀는 두 팔로 화운룡의 허리를 힘차게 끌어안았다.

"여보… 사랑해요……."

화운룡은 몸을 천천히 움직이면서 연파란을 무저갱 같은 황홀경에 빠뜨렸다. 연파란의 머릿속에는 더할 수 없는 절정의 쾌감만이 꽉 들어차서 아무것도 생각할 수가 없었다.

그녀는 다만 세차게 몸을 떨면서 온몸이 서서히 녹아버리는 듯한 쾌감만 느꼈다.

그때 화운룡의 눈빛이 더없이 차가워졌다.

그는 열 호흡 전에 미래에서 과거로 회귀했다.

중상을 입은 연파란을 찾아 헤매다가 배에서 연조음과 연분홍의 말을 듣고는 과거, 그러니까 연파란과 사랑을 나누던 그 시간 때로 회귀한 것이다.

화운룡은 차가운 눈빛으로 연파란을 굽어보았다.

그녀는 반쯤 감긴 눈으로 그를 올려다보며 끝없이 사랑한다고 중얼거렸다.

슥…….

화운룡은 천천히 두 손을 들어 한 손은 연파란의 가슴 심장 부위를 덮고 다른 손은 정수리를 덮었다.

"여보……."

연파란이 벌겋게 달아오른 얼굴로 그를 바라보았다.

화운룡은 공력을 극한으로 끌어 올려서 두 손으로 무극영강의 구결을 전개했다.

"아아… 죽도록 사랑해요… 여보……."

화운룡은 입술 끝으로 싸늘하게 미소 지으며 중얼거렸다.

"네년이 감히 내 아내들을 죽이려고 하느냐?"

"……."

연파란이 몽롱한 표정을 지었다. 그게 무슨 말인지 멍한 얼굴로 화운룡을 바라보았다.

그 순간 화운룡의 두 손에서 이천 년을 상회하는 공력의 어마어마한 무극영강이 뿜어졌다.

쩌쩌쩡!

퍼퍼퍼퍼어억!

연파란은 비명조차 지르지 못했다. 그저 절정의 쾌락에 빠진 표정일 뿐이다.

아마도 절정의 쾌락과 극도의 고통을 구분하지 못했거나 그 두 개가 서로 상통한 모양이다.

뇌가 터지고 심장이 으깨졌는데도 연파란은 신음 소리조차 지르지 못했다. 그녀는 눈을 커다랗게 뜨고 입을 한껏 벌린 채 마지막 한 움큼의 숨을 빌어 중얼거렸다.

"여… 보… 사… 랑… 해… 요……."

뇌가 터지고 심장이 으깨졌는데도 연파란은 즉사하지 않고 할딱거렸다.

화운룡은 두 손으로 그녀의 머리를 움켜잡고 다시 한차례 무극영강을 전개했다.

　뿌악!

　그 순간 연파란의 머리가 잘 익은 수박처럼 터지면서 피와 뇌수가 튀었다.

　연파란은 머리가 통째로 으깨져서 사라졌다.

　화운룡은 긴 한숨을 내쉬면서 일어섰다.

　"휴우……."

　돌이켜서 생각하기도 싫은 악몽 같은 하루였다.

　연파란이 두 손을 뻗자 옥봉과 항아, 연종초가 그녀에게 서서히 끌려갔다.

　"아아……."

　추호도 반항하지 못하는 옥봉과 항아, 연종초는 서로를 꼭 부둥켜안고 착잡하게 눈물만 흘릴 뿐이다.

　연파란 전면 일 장 허공에 세 여자가 멈추었다. 그녀들은 허공에 뜬 상태에서 서로를 꼭 안고 있었다.

　옥봉이 눈물을 흘리며 항아와 연종초를 위로했다.

　"두려워하지 마. 용공께서 반드시 구해주실 거야."

　그녀는 자신들이 설혹 이렇게 죽는다고 해도 이대로 끝나지 않을 것이라고 굳게 믿었다.

항아와 연종초의 믿음은 옥봉만큼은 아니지만 그녀의 말을 듣고는 자신들이 이 자리에서 죽는다고 해도 정말로 화운룡이 구해줄 것이라고 믿었다.

죽으면 모든 것이 끝인데도 세 여자는 화운룡이 자신들을 살려줄 것이라고 믿었다. 그녀들에게 있어서 화운룡은 신이나 다름이 없기에 가능한 일이다.

연파란은 득의하면서도 차갑게 웃었다.

"아하하하! 너희들을 불로 태워서 죽여주마."

화르륵!

그녀의 말이 끝나자마자 세 여자 주변에 거센 불길이 원을 형성한 채 확 일어났다.세 여자의 옷에 불이 붙었고 너무도 뜨거워서 그녀들은 눈을 꼭 감았다.

"아아……."

옥봉과 연종초는 항아를 가운데 두고 두 팔을 벌려서 맞잡은 채 그녀를 보호했다.

곧 죽게 될 것이지만 가장 나이가 어린 항아를 보호하려는 언니들의 진심 어린 마음이다.

그런데 잠시가 지났을 때 세 여자는 이상한 느낌을 받았다. 방금 전까지만 해도 살이 타는 것처럼 뜨거웠는데 지금은 아무런 느낌도 없기 때문이다.

옥봉과 항아는 반사적으로 주위를 둘러보다가 방금 전까

지만 해도 이글거렸던 원형의 불길이 감쪽같이 사라진 것을 발견하고 의아한 표정을 지었다.

그러다가 조금 전까지만 해도 연파란이 서 있던 곳에 놀랍게도 화운룡이 부드러운 미소를 지으며 서 있는 모습을 발견하고 까무러칠 듯이 놀랐다.

"용공!"

"류 니쨩!"

화운룡과 연파랑이 뜨거운 사랑을 나눈 것은 어제다.

첫 번째 사랑을 나눌 때는 그냥 지나갔지만, 화운룡이 과거로 회귀하여 두 번째 사랑을 나눌 때는 무극영강으로 그녀를 즉사시켜 버렸다.

그것이 바로 어제의 일이므로 오늘의 연파란은 존재하지 않는 것이다.

화운룡은 달려드는 옥봉과 항아를 품에 안고는 뒤통수를 한 대 얻어맞은 표정을 지었다. 연종초의 모습이 보이지 않기 때문이다.

그는 혹시나 해서 옥봉과 항아에게 물었다.

"종초는 어디에 있지?"

옥봉과 항아는 연종초가 없다는 사실을 그제야 깨닫고 크게 당황해서 두리번거렸다.

"아앗! 종초 아우는 방금까지 우리하고 같이 있었어요……!"

"아아… 설마 종초 셋째가 불에 타 죽은 것이 아닌가요?"

화운룡은 한 가지 깨달아지는 것이 있다. 그가 연파란을 죽였기 때문에 연종초가 사라졌을지도 모른다는 것이다.

옥봉과 항아는 어찌 된 영문인지 모른 채 눈물을 펑펑 흘리면서 연종초가 사라진 것을 슬퍼했다.

화운룡은 곰곰이 생각에 잠겼다.

연파란이 죽음으로써 그녀가 만들고 이룩했던 천신국이나 천외신계 등 모든 것들이 한꺼번에 소멸했을 것이다. 그래서 과거로 회귀하여 활동하고 있던 연종초도 사라진 것이다. 그녀는 과거로 회귀한 적도 없으며 화운룡을 만난 적도 없이 그저 연신가에서 묵묵히 자신의 인생을 살아가고 있을 것이다.

"용공, 어떻게 해요? 종초 아우를 살릴 수 없나요?"

"으허엉! 엉엉! 류 니쨩……! 나는 셋째 없으면 못 살아요……!"

옥봉과 항아가 화운룡에게 매달리면서 통곡했다.

화운룡은 잠시 생각하다가 양손으로 옥봉과 항아의 손을 잡고 조용히 말했다.

"종초를 찾으러 가자."

백두산 깊은 오지에 위치해 있는 거대한 장원이 있다.

수천 년 역사를 지닌 고구려의 혼, 연신가다.

그곳 후원의 아늑한 호숫가 정자에 한 명의 중년 여인이 앉아서 차를 마시고 있다.

육십여 세쯤 된 듯한 중년 여인은 반백의 머리카락에 자글자글한 잔주름이 있는데 젊었을 때 얼마나 아름다웠는지 여전히 미모가 남아 있는 모습이다.

그녀가 바로 팔십오 세의 연종초다.

그녀는 다 식은 차가 반쯤 들어 있는 찻잔을 손에 쥔 채 하염없이 호수를 바라보고 있다.

그녀의 시선은 호수를 향하고 있지만, 그녀가 바라보는 것은 호수 너머의 아득한 옛날이다.

육십일 년 전. 그녀는 한 남자를 열렬하게 사랑했었다.

채 일 년도 이어지지 못한 사랑이었지만 연종초는 그것을 육십일 년 동안이나 가슴속에 담고 있었다. 사랑했던 남자 화운룡이 자신을 데리러 오기를 기다리면서 말이다.

"하아……."

하루도, 아니, 단 한순간도 잊지 못하고 육십일 년 동안 심장에 머릿속에 영혼 속에 깊이 담아둔 연인.

육십일 년이 지난 지금도 그가 너무도 그립고 보고 싶어 두 눈과 심장이 짓물러서 터지는 것만 같았다.

그때 그녀는 문득 뒤쪽에서 이상한 기척을 느끼고 천천히 뒤돌아보았다.

거기에는 너무도 잘생긴 한 남자가 너무도 아름다운 두 여자의 손을 잡고 연종초를 바라보고 있었다.

연종초는 자신이 꿈을 꾸고 있다는 생각에 두 손으로 눈을 비벼보았지만 일남이녀의 모습은 사라지지 않았다. 준수한 이십대 초반의 남자가 연종초를 바라보면서 온화한 미소를 지었다.

"종초."

이끌리듯이 일어나는 연종초의 두 눈에서 폭포수처럼 눈물이 쏟아졌다.

"서… 서방님이신가요……?"

"그래. 나 화운룡이다."

연종초는 쓰러질 듯이 비틀거리다가 난간을 붙잡고 원망하듯이 외쳤다.

"왜 이제야 오신 거예요?"

화운룡은 늙어버린 연종초를 바라보며 씁쓸하게 웃었다.

"미안하구나."

연종초는 비틀거리며 화운룡에게 다가갔다.

"아니에요… 이제라도 천첩을 찾아오셨으니 지금 당장 죽어도 여한이 없어요……."

화운룡이 연종초를 품에 안았다.

"종초야, 같이 가자."

"어… 디로요?"

옥봉과 항아가 연종초를 부둥켜안고 기쁨의 눈물을 펑펑 흘리며 말했다.

"어디긴 어디야… 용황락이지……."

"흐엉엉! 셋째야……! 이제부터 우리 넷이서 검은 머리 파뿌리가 될 때까지 행복하게 살자……!"

화운룡은 두 팔을 넓게 벌려 사랑하는 세 여자를 품에 가득 안고 쌍념절통을 일으켰다.

과거의 어느 한 곳에 그를 간절하게 원하는 인위적인 정념(情念)을 심어놓았다.

그리고 지금 그는 그 정념을 향해서 더없이 간절한 심정으로 우화등선에 돌입했다.

스아아앗!

네 사람의 모습이 그 자리에서 연기처럼 사라졌다.

『와룡봉추』 完